手塚治虫
原案◎

小説 火の鳥 大地編 上

HI NO TORI

桜庭一樹◎著

朝日新聞出版

小説　火の鳥　大地編　上

目次

登場人物紹介

著者が手塚治虫のキャラクターからイメージした人物像を手塚プロダクションが作画。登場人物名の後に手塚作品におけるキャラクター名を付した。

三田村要造　レッド公

上海の新興財閥である三田村財閥の総帥。麗奈の父で緑郎の舅にあたる。火の鳥調査隊の資金を出しているが、その目的とは……？

間久部緑郎　ロック

大日本帝国の關東軍少佐。三田村財閥の令嬢である麗奈と結婚し、火の鳥調査隊として砂漠に旅立つ。

間久部正人　山之辺マサト『火の鳥 未来編』

緑郎の弟。中国共産党のスパイとして、ルイと共に行動する純粋な青年。

麗奈

小蓮『ブラック・ジャック』

要造の娘で緑郎の妻。気が強く夜遊び好き。

川島芳子

和登千代子『三つ目がとおる』

滅亡した清の皇女・愛新學羅顯玗。男装の麗人として、清王朝の復興を目的に、様々な変装をしながら敵陣に潜り込む。

ルイ

サファイア『リボンの騎士』

美形の京劇役者。じつは上海マフィア青幇のスパイ。

マリア

タマミ『火の鳥 未来編』

砂漠地方から上海にきたとされ、ウイグル語も話す謎の美女。火の鳥調査隊の通訳として緑郎らと共に行動する。

猿田博士

猿田博士
『火の鳥』

満州国の研究機関である大陸科学院に籍を置き、火の鳥の研究をしている。

大滝雪之丞

丸首ブーン

元曲馬団の興行師であり、冒険家。秘境を旅する「大滝探検隊」を率いる。初代火の鳥調査隊隊長。

黄金栄

ハム・エッグ

上海マフィア青幇の恐るべきボス。芳子ヤルイを使って、火の鳥を奪おうと画策する。

犬山元帥

アセチレン・ランプ

日本軍の最高司令部である大本営に籍を置く。海軍出身で、以前は火の鳥調査隊長だった。

田辺保

間黒男
『ブラック・ジャック』

要造の幼なじみ。天才工学博士で、火の鳥の力をエネルギーとする「鋼鉄鳥人形」を発明する。

道頓堀鬼瓦

ノールス・ヌケトール

売れない浪曲師から転身し、「鬼瓦煙草」の創業者となる。

下　目次

小説　火の鳥　大地編

上

プロローグ

一九三八年十月

黄色い砂の海がどこまでも続いていた。

タクラマカン砂漠は、うねりながら、先を急ぐ一人の旅人を今にも飲みこまんとしていた。

その人物は、深い思索的な眼差《まなざ》しと人並み外れて大きな鼻をした、五十がらみの男だった。ラクダの手綱を引き、息も絶え絶えに歩きながら、

「い、急がねば、ならん……」

と、呻《うめ》いた。

「わしは、急がねばならん……。奴らに、あの魔法を使わせないために……」

砂山の向こうから橙色《だいだいいろ》の夕日が射《さ》し始めた。

「まだ、間に合うはず」

気温がぐんぐん下がり、空が藍色《あいいろ》に変わって、やがて夜の星も瞬《またた》きだした。

男——猿田《さるた》博士は、苦しげに足を止めた。ガクリと膝《ひざ》をつく。

そして天を見上げ、吠《ほ》えた。

「逃げろっ、世界！」

一章　上海

一九三八年一月

その一　關東軍《かんとう》ファイアー・バード計画

外灘《バンド》は、川沿いに連なる、上海でひときわ華やかな大通りだ。洋風ビルの石造りの壁、尖《とが》った時計塔、夜も輝く色とりどりのネオン。

日本軍の侵攻で、この上海も二ヶ月前までは戦場だった。だが租界（外国人の居留地）の多いこの街は、徐々に以前と変わらぬ喧騒《けんそう》を取り戻しつつあった。

広い道路を、黒塗りの車と人力車が行き交い、建物のどこからか、ジャズの演奏や嬌声《きようせい》が聞こえてくる。

ヨーロッパ風のシャンデリアと大理石の床が自慢のキャセイ・ホテルのボールルームでは、日本大使館主催の大夜会が繰り広げられているところだった。

スーツ姿の政治家に、着物姿の財閥関係者、中国人商人……。二百人以上もの客が歓談する声と、バンドが奏でる音楽が入り交じる。

部屋の真ん中に、大日本帝国の軍服姿の男たちが集まり、日本製のビールで杯を交わしては、大声を上げていた。時折「ひゃーはは！」と下卑た笑いを響かせるので、客の中には眉《まゆ》を顰《ひそ》めて振り返る者もいるが、軍人たちは気にする様子もない。

そのグループの中心に、すらりと背の高い三十がらみの美男子がいた。大きな目をぎらつかせ、いかにも自信満々に仁王立ちしている。

仲間が口々に「日本軍は北京を制圧した」「この上海も」「南京もだ」「しかもあっというまにな」と笑うと、男は「そうさ。中国なんてもう……」と満足そうにうなずいた。

そして両腕を広げ、

「揚子江の水まで日本のモンさ！　アーハハハ！」

と、嘯《うそぶ》いてみせた。

男の声がホールに響き渡り、客たちがちらちらと振り返った。小声で「あの男は？」「關東軍の間久部緑郎《まくべろくろう》じゃないか。陸軍大学校出のエリートで、いまは司令部付きの副官だ」「へぇー、じゃ、あいつが間久部ですか」と噂《うわさ》しあう。

事情通らしき男が、「ご存知ですか？　去年、上海の財界を牛耳る三田村《みたむら》財閥の末娘と結婚したんですよ」と補足すると、周囲が「なるほど、将来を約束された男ってわけか」とうなずく。

「そういうことです。おや、ほら、噂をすれば……」

バンドの演奏がテンポの速い曲に変わった。

ホールの中心に若い女が躍りでてきた。真っ黒なボブヘアーに、大粒真珠のイヤリング。鮮やかな緑のチャイナドレス姿。黒目がちで、気の強そうな顔つきをしている。「三田村財閥の末娘、麗奈《れいな》さんだよ。あれでなかなか夜遊びの達人さ」という囁《ささや》きが周囲に広がる。

軍服の青年――間久部緑郎が、一緒に踊ろうと手を差し伸べた。だが麗奈は、その手をピシャりと叩《たた》いて拒絶した。緑郎は唇を嚙《か》み、ゆっくり手を下ろす。周囲に戸惑いのざわめきが広がる。

「どうやら、夫婦仲には早くも暗雲がたれこめていそうですな」

という嘲笑《ちょうしょう》の声が緑郎の耳にも届く。緑郎はムッとして麗奈から目を逸《そ》らした。

麗奈は、両腕を振りあげ、むっちりと白い太ももを覗《のぞ》かせて、玄人はだしのステップで激しく踊りだした。客たちが歓声や口笛を浴びせる。

麗奈は髪を振り乱し、汗を飛ばして踊りながら、バンドの端で、枝のような形をした見慣れぬ形状の笛を吹いている白人の女に近づいた。亜麻色の長い髪に青い目をした、長身の若い女だった。

麗奈が「小姐《ショジャ》（お嬢さん）」と上海語で話しかけ、

「跳舞吧《テオーウバ》（踊りましょ）！」

と誘うと、女はびっくりして演奏をやめた。「いいでしょ！」と腕を引かれ、「是了《ズーラ》（了解した）」と重々しくうなずいてフロアに滑りでてきた。そして麗奈と背中をぴったりくっつけ、踊り始めた……。


——時は、一九三八年一月。

日本が、二百年以上続いた江戸幕府の鎖国を解き、開国して、「ザンギリ頭を叩いてみれば、文明開化の音がする」と近代国家への道を歩み始めてから、早くも八四年もの月日が過ぎていた。

アジア、アフリカ各国が、英、仏、米など、欧米の大国に植民地化され、苦難と屈辱の道を歩む中、大日本帝国は、一九一八年に終結した世界大戦でも戦勝国側に連なり、アジア随一の帝国への道を歩みだしていた。

一九三一年、關東軍（中国の關東州などを守備する日本陸軍の軍隊）が、中国東北部で満州事変を起こし、翌年、日本の傀儡《かいらい》政権（独立国という名目だが、じつは支配されている）満州国を作った。中国では抗日運動が盛んになった。一九三七年の夏、關東軍は支那事変（日中戦争）を起こし、中国の北京、天津、上海、続いて南京を制圧した。

「この勢いで、大日本帝国はやがてアジア全域に領土を広げるだろう」という未来予想図を抱き、日本軍は中国大陸の西へ南へと進撃を続けていた——。

……緑郎は、麗奈と踊る笛吹きの女を、つい目で追っていた。「白系露人（ロシア革命から逃れてきた旧ロシア帝国の亡命者）だろうな。あの鮮やかな髪、冷えた宝石のような目！」とみとれていると、背後で「ウォッホン！　間久部くん」と聞き覚えのある咳払《せきばら》いがした。

「美女にみとれておるのかね。まっこと、花は咲きたがる、青年は恋をしたがる、そして、わしのような生物学者は、未知の事象を求めてカビくさい研究室にこもるというわけじゃな。ふぉっ、ふぉっ！」

「はぁ？」

と振りむくと、人並み外れて大きな鼻をした五十がらみの小柄な男が、目を細めて緑郎を見上げていた。

「なんと、猿田博士！　お久しぶりです」

「うむ。君の卒業以来かねぇ。陸軍大学校では優秀な成績を修めていたな。最近もご活躍のようじゃないか」

「いやぁ、ありがとうございます」

二人は笑顔で握手を交わした。

「博士は、じゃ、いまはこの上海でご研究を？」

「いいや。満州国の研究機関、大陸科学院に籍を置いておる。ところで、最近とある発見をしてね。君の義父上《ちちうえ》である三田村要造《ようぞう》氏が、大いに興味を持ち、こうしてわしを呼びだしたのだよ」

「ええっ！　義父《ちち》が……！」

と、緑郎は瞬《まばた》きし、急に油断ない目つきになった。

猿田博士も「そうなのじゃ」とうなずいた。警戒するように周囲を見回してから、声を落とし、

「知ってるかね、間久部くん。――〃火の鳥〃の伝説を」

「〃火の鳥〃ですって？」

と緑郎は怪訝《けげん》な顔で聞き返した。

――遥《はる》か古代から、世界のあちこちで目撃され、いつしか伝説となった不思議な鳥。それが〃火の鳥〃である。燃え盛る火から生まれた不老不死の生物であり、その生き血を飲む者もまた

不老不死となる。鳥は死んでもまた炎の中から蘇《よみがえ》る。

この鳥は、宇宙の摂理のすべてを知る、古代神のような存在だとも、未来に繫《つな》がる、完全なる超生命体だとも論じられてきた。中国では鳳凰《ほうおう》、欧州では不死鳥《フエニックス》と呼ばれ、数千年もの間、人間の畏怖《いふ》と憧憬《どうけい》を誘ってやまなかった。

「じつはな、間久部くん。十六世紀を最後に、火の鳥の目撃談は途絶えていた。それが二十世紀になり、とある場所でな……」

「ふむ、とある場所とは？」

「この中国大陸じゃよ」

と、猿田博士は目を細めてうなずいてみせた。

「広大な大陸の遥かなる西域、シルクロードにあるタクラマカン砂漠。〝さまよえる湖〟と呼ばれるロプノール湖を知っておるかね？　湖畔にかつて楼蘭《ろうらん》という吹けば飛ぶような小国もあった」

「ふむ」

「その湖周辺の動植物に、長寿と、極めて強い活力が認められ、一時は清《しん》（一九一二年に消滅した中国の大帝国）の女帝たる西太后が調査隊を派遣したこともあったらしい。わしの研究により、生態系に〝未知のホルモン〟が影響する可能性が浮上した。それがどうやら火の鳥の……」

「ちょっと待ってください。博士」

と、緑郎が不審そうに口をはさんだ。

「ご存知の通り、ぼくはロマンチストとは正反対の性格でしてねぇ。不老不死の鳥なんて話、そうそう信じられません。それにです。もし仮にそれが本当なら、そんな機密事項を、なぜぼくに教えてくれるんです？」

「ははは。その答えが、どうやら、向こうからやってきたようじゃよ」

と猿田博士が指さすほうを、緑郎は振りむいた。ちょうど若い部下が急いでやってくるところだった。敬礼して、「間久部少佐、大本営（日本軍の最高司令部）の犬山《いぬやま》元帥がお呼びです。すぐに来いと」と言う。

緑郎はうなずき、ついで、窺《うかが》うように猿田博士の顔を見やった。博士はウインクしてみせ、

「じつはな、間久部くん。日本軍が現地調査隊を出すことになり、わしが君を隊長に推薦したのじゃ。何しろ君は頭がよく、現実的な男だ。そういうタイプこそ適任だろう、とな」

緑郎は「む、なるほど……」とうなずいた。そして「では、失礼！」と急ぎ立ち去っていった。


「ねぇ、ルイ。冷哦《ランヴア》（寒い）？　冷哦？　冷哦？」

キャセイ・ホテルの屋上は、真冬の冷気で凍えるような気温だった。麻のズボンに布靴という粗末ななりをした男が二人、石製の手すりに荒縄を縛りながら、

「ウン、正人《まさと》。ボク、寒いよ」

「じゃ、これ着て。これも。……ヘックシュン！」

正人と呼ばれた、おだやかな顔つきをした背の高い青年が、半纏《はんてん》も、その下の麻の上着も脱ぎ、もう一人に渡した。ルイと呼ばれたほうは、まだ十代の若さながら、切れ長の目をした凄《すご》みのある美貌《びぼう》の中国人だった。ルイが半纏と上着を着こむと、正人はニコッとした。

二人して、危なっかしい様子で荒縄を伝い、最上階のバルコニーに降り立つ。カーテン越しに覗きこんで、「日本人の夜会か」「誰がきてるか調べなきゃね」とフランス窓を開け、薄暗い廊下に踏みだした。

と、手前の右側の部屋から、軍人らしき押し殺した話し声が聞こえてきたので、二人はそっと近づき、飾り格子越しに室内を覗いてみた。

「ルイ……。手前にいる大柄な男は、大本営の元帥だよ……。確か犬山という男だ。六十代になっても軍に籍を置き続け、昔からの秘密任務の存在を噂されてる……」

「そんな奴がいま上海にきてるのか。何か、臭《にお》うね」

「ほんとだね。で、向かい側に立ってる男は……」

と正人は室内に目を走らせると、息を呑み、

「なんと、ぼくの兄さんだぞ！」

ルイも「へぇー」と背伸びして室内を覗きこみ、

「君の兄さんって、えっと、緑郎だっけ。正人、ボクにはね。君のような同志《ドンズ》と、悪名高き關東軍の少佐なんかが、血を分けた兄弟だとは、とても信じられないよ」

正人は拳《こぶし》を強く握り、悲しそうにうつむいた。

「うん……。ぼくと兄さんの生きる道は、だいぶん前に分かれてしまったんだ。一九二三年の夏に……」

ルイが「えっ、いつの夏だって？」と聞いたとき、室内から緑郎の大きな声が聞こえてきた。

『ファイアー・バード計画ですと！』

正人とルイははっと視線を交わしあった。正人が小声で上海語に通訳する。それから二人して、扉に耳をつけて熱心に盗み聞きし始めた。


室内には、犬山元帥と、部下の向内《むこうち》大将、間久部緑郎がいた。犬山元帥は六十代半ばで、筋骨隆々とした体つきを誇る大柄な男だった。

「そうなのだよ。間久部くん、件《くだん》の鳥は、十六世紀の初め、ロプノール湖周辺で目撃されたのを最後に姿を消したのだ。そしてその頃から、湖周辺の生態系が変容した、と……。猿田博士は、変容の原因である〝未知のホルモン〟の研究を長年続けておられてな」

と、犬山元帥の朗々とした声が響き渡る。

「そのホルモンとやらが、博士の主張通り、不老不死の鳥のものなのか、それとも、自然が起こした何がしかの突然変異なのかは、正直、我々軍部の興味の範疇《はんちゅう》ではない。それが何であれ、現実に存在するのなら……」

緑郎は背筋を伸ばし、真剣に聞いている。

「皇軍の士気高揚に有効利用する。これがファイアー・バード計画だ！」

緑郎は「はっ！」と靴を鳴らして敬礼した。

「で、その現地調査隊を、私に任せて下さると？」

「うむ、そういうわけだ。しかしだよ、間久部くん。この大陸において、西域への道の多くは、残念ながらまだ我々の支配下にない。中国国民党、軍閥（土地を支配する武装勢力）、旧ロシア帝国の残党など、さまざまな民族や組織が跋扈《ばっこ》する危険地帯だ。道無き道を進む大冒険となるだろう。複数のガイドを雇う必要もある。さっそく向内大将と詳細を詰めたまえ」

犬山元帥は、ふと声を落として、

「ここだけの話だがね。現地調査隊にはスポンサーがいるのだ。君の義父上である三田村財閥の総帥だよ。つまり君にとっては、より失敗の許されない任務と言える。成功の暁には二階級特進を約束しよう」

緑郎は不敵に笑い、「はっ！　この間久部、必ずやご期待にお応えしましょう」とまた敬礼してみせた。


……部屋の外の廊下では、正人とルイが戸惑い、顔を見合わせていた。

二人しておっかなびっくり、足音を忍ばせてフランス窓に戻っていきつつ、

「ねぇ、正人……。不老不死の魔法の鳥を、西太后が探してたって噂、ボク聞いたことあるの

……。黄金栄《ワンジンヨン》（上海マフィア青幇《チンパン》のボス）のじいじいから、寝物語にさ。いまの話もその鳥さんのことかしら」

「さ、さあね。とにかく、まず仲間に知らせなきゃ。どうやら大変な秘密を知ってしまったらしいね……」

と言いあいながら、窓を開け、バルコニーに戻る。

正人が「上から引っ張ってやるよ」と言い、荒縄を伝って、先に屋上に登っていく。「ルイ、アジトに戻ったらさ……」と下に向かって言ったとき、頭上から「誰だ！」と低い男の声がした。

正人はぎょっとし、見上げた。屈強な日本の憲兵が屋上からこっちを睨《にら》み下ろしていた。

声を押し殺し、正人が、

「憲兵にみつかったぞ！　ルイ、階段から逃げろっ！」


緑郎は意気揚々とした顔つきで、夜会が盛りあがるボールルームに戻った。バンドの奏でる音楽が高鳴り、客たちの笑い声も大きく響いている。

笑顔で軍人たちの輪に入ろうとしたとき、ふいに憲兵隊の分隊長が現れ、「少佐！」と呼び止めた。

「さきほど不審な侵入者を発見し、一名捕らえたのですが。八路軍（中国共産党の軍）のスパイだったようです。しかし……」

と、声を落とし、言い辛《づら》そうに、

「自分は日本人で、しかも、間久部少佐の弟だと言い張っておりまして」

「弟？　ぼくに弟は……」

と不思議そうに答えかけ、緑郎は「あぁ、いや、いたな」と言い直した。

分隊長と並んできびきび歩きながら、「さては正人のことだろうなぁ。でも、あいつはスパイなんかじゃないぜ。ただの食い詰めた大陸浪人だよ。日本で親父と揉《も》めて、大学を辞めちまい、ロマンを求めて、魔都上海に渡ったが……」と肩をすくめてみせる。

分隊長とともに、薄暗い廊下を進み、正人が捕らえられている粗末な部屋に入る。

正人は顔を腫《は》らし、額と頰《ほお》から血を流して、木の椅子に縛りつけられていた。緑郎を見上げると、情けない表情になって、「あっ、兄さん」とつぶやいた。

緑郎は腰に両手を当て、ガミガミと雷を落とした。

「なにが、あっ、兄さん、だよ！　まったく、おまえには昔っから迷惑のかけられ通しだ。出世に響いたらどうしてくれる。もしもおまえに本当に中国共産党のスパイになるような根性があれば、ぼくだって少しは見直しているぜ？　相変わらず、ルイとかいう男娼紛いの京劇（男性演者が女性役も演じる古典演劇）役者と遊び回ってるんだろう。あいつもおまえもドブネズミみたいにみすぼらしいや」

正人が急に「やめろ！」と大声を出した。おどろいた緑郎は、つい口を閉じた。それからムッとして、

「フン。こうして立派な兄の前に出て、さぞ自分が恥ずかしいだろうな。ぼくは大日本帝国、そして大アジアの未来を背負って立つ男だ。だがおまえは、ドブネズミだ、ニワトリだ。コーッコココ！　ほら、これがおまえの姿だぜ！　コーッ！」

と両手のひらを尻にくっつけ、ふざけて歩き回った。

正人は縛られた椅子ごと立ちあがり、「この日本鬼子《ザッペングイズ》め！」と緑郎に体当たりした。緑郎が壁に叩きつけられる。正人も反動で床に落ちて、「ぼ、ぼく、ぼく、はっ……」と言いかけ、あとは涙にむせんだ。

分隊長がおそるおそる口を挟む。

「あの、少佐。もうわかりました。そもそも彼は日本人ですし、コソ泥か何かでしょう。放免します……」

と正人の縄を解いてやると、逃げるようにそそくさと出て行った。

それを横目で確認すると、緑郎はふと無表情になった。

落ち着いて立ちあがり、軍服の埃《ほこり》をはらいながら、

「まったく、いつまで泣いてるんだ。ほら、もう帰れるぞ。兄貴に感謝しろよ。おまえを助けるためにニワトリの真似までしてやったんだぜ」

「し、し、しない！　ひっく。ぼくの友への、侮辱を……あっ、謝れ！」

「はぁ？　ハイハイ、悪かったよ。おまえのことはともかく、ルイとかいう子のことはよく知らんからな」

正人は涙を拭《ふ》き、ふらふらと立ちあがった。うなだれて部屋を出て行こうとして、振りむき、

「なぁ、緑郎兄さん……」

「なんだよ。いいからもう帰れって」

「ぼ、ぼくはね、兄さんは愛国者なんだと思ってた。親父のように。つまり、ぼくと兄を隔てているものは思想なんだって。でも、ちがったんだ。兄さんは、じつのところ、自分が出世して、皆に尊敬されたり、うらやましがられたりするのを望んでるだけのお人なんだ。日本も、世界も、人民の幸福も、どうだっていいのさ。そして、兄さんをそう変えてしまったのは、十五年前の、夏の……」

緑郎はポカンとして正人を見返した。「つまり、おまえは正人のくせに、ぼくのことを認めない、尊敬しないって言うのか」と意外そうに聞き返す。

「そうだよっ。ぼくも兄さんのことがきらいなんだ。実存的にきらいなんだ。じゃ、じゃあ、さよなら。幼いころは優しかった、ぼくのたった一人のお兄さん！」

正人は部屋を飛びだし、バンッと扉を閉めた。

取り残された緑郎は、ふいに子供のような悔しそうな表情を見せた。しばし考えこむ。

何か思いついたらしく、急いで廊下に出ると、「待てよ、ドブネズミ！」と弟を呼び止めた。

「おまえは、この国の言葉や文化に詳しいし、中国人の仲間も多いからな。ガイドに雇ってやるよ」

「なんだって！　ぼくを雇う……？」

「そうさ。仕事ぶりを間近に見さえすれば……その、少しは、兄のことを……尊敬……いや……」

言いかけた言葉を、緑郎は苦く飲みこんだ。

廊下の角には中国趣味《シノワズリー》な紅木《ローズウッド》の台が設置され、翡翠《ひすい》の虎《とら》が飾られていた。赤い壁にはヨーロッパ風の鉄製のガス灯が瞬《またた》いている。東洋のパリたる上海ならではの豪奢《ごうしゃ》な造りだ。

その虎の置物の陰から……緑郎と正人が遠ざかっていく姿をこっそり見送る細い人影があった。バンドで笛を吹いていた白人の女だ。大きな青い目を輝かせ、亜麻色の髪を腰まで垂らしている。濃紺のシルクドレスに、足元はハイヒール。腰にガンベルトを巻き、枝のような形の不思議な笛を銃のように装着している。

「なるほど……間久部少佐には弟がいたか。でもまだまだ謎《なぞ》が多い。さて、何をどう調べればいいのか」

と、頭を抱えだす。

そのとき、華やかなボールルームから、複数の笑い声と足音が近づいてきた。

「やーだ、おかしい！　上海暮らしってほんと愉快なことばっかりよね」

モダンなパーティー服に身を包んだ若者グループの中心に、豪華な毛皮のコートを羽織った麗奈がいた。白人の女をみつけると、「あら。あなたは、さっき一緒に踊った笛吹き小姐《シヨジヤ》じゃない？」と微笑《ほほえ》みかける。

「あたし、間久部麗奈よ。ねぇ、まだまだ踊り足りないし、ここには阿片《アヘン》もないの。だから大世界《ダスカ》（フランス租界の遊技場）に繰りだすところよ。そうだ、笛吹き小姐もいらっしゃい。また……」

麗奈はくるりとターンしてみせ、

「跳舞吧《テオーウバ》（踊りましょ）！」

女ははっとし、麗奈の顔を窺い見た。小声で、「間久部と名乗ったな。なるほど、この女が少佐の妻なのか」とつぶやく。

うむとうなずき、麗奈にうやうやしく近づいた。床に片膝をつき、「是了《ズーラ》……」と頭を垂れる。

「わたしはマリアと申します。麗奈さま、美しいあなたが踊るなら、わたしの笛は音色を奏でることでしょう」

と腰に下げた笛を視線で指し示して、にっこりした。

麗奈は「そうこなくっちゃ！」と笑い声を上げた。マリアと肩を組み、仲間とともに、はしゃいで廊下をまた進んでいった。


麗奈たちが足をもつれさせ、キャセイ・ホテルの正面玄関から転がりでてきた。嬌声を上げつつ、黒塗りの高級車につぎつぎ乗りこむ。

魔都上海の夜はこれからだった。ビルの薄茶色の外壁をネオンが鈍く照らし、香油や汗の匂いが魔法のように重く立ちこめている。ターバンを巻いたインド人巡査の前を、竹の帽子を被《かぶ》った中国人の男が、人力車を引いて通り過ぎる。その人力車には、羽織袴《はおりはかま》姿の日本人や燕尾《えんび》服を着た英国人が乗っている。さまざまな肌色の人間が、ばらばらな言語をまくしたて、先を急ぐ。

「大世界《ダスカ》へ！　レ、レ、レッツゴーよ！」

という麗奈のふざけ声も、たちまち飲みこまれる。

むせるほどの喧騒とともに、光と宵闇《よいやみ》が、同時にぐんと濃くなって……。

その二　西太后のため息

フランス租界は、川沿いの繁華街、外灘《バンド》から内陸に少し奥まったところにゆったりと広がっている。石畳の古路が薄墨色の月明かりに照らされる。正人は痛む体を引きずりながらアジトに向かっていた。

古い石の門をくぐり、金木犀《きんもくせい》の木が夜空を覆う狭い路地を進んでいく。茶館の看板を出す老《ラオ》房子《ファンズ》（中洋折衷のコンクリートの建物）の前で立ち止まった。

罅《ひび》の入った飾り硝子《ガラス》の扉を開けると、狭い店内は、中国茶を飲んだり水煙草をふかす客でごったがえしていた。

煙草や食べ物、排泄《はいせつ》物の臭い、それに阿片《アヘン》の残り香もかすかに漂っている。

正人は急いで奥に進んだ。本棚の前に立ち、小声で、

「天王蓋地虎《ティワンゲーディフ》（天の王は地の虎を抑える）！」

一拍おいて、棚の奥から、合言葉が返ってきた。

「宝塔《ボータ》鎮河妖《ズンフウヨー》（宝の塔は河の妖怪を鎮める）！」

扉のように本棚が開き、茶館の客たちも気づかぬうちに、正人の華奢《きゃしゃ》な体をスルリと飲みこん

だ。

隠し部屋はさらに狭かった。天井から無数の鳥カゴが下がり、鳥の鳴き声が響き渡る。その下で、粗末な服装をした八路軍の兵士が十数人、肩を寄せあっていた。

――二十六年前、〝眠れる獅子〟と世界から敬われた大国、清が滅亡。以来、中国大陸では、孫文が立ちあげた中国国民党、毛沢東が率いる中国共産党、大小さまざまな軍閥などが入り交じる、混乱の戦乱時代が続いた。同時に、西からは植民地政策を進める欧米各国に、北からはロシアに、そして東からは日本にと、広大かつ肥沃《ひよく》な国土を狙《ねら》われていた。

昨年の夏、日中戦争が勃発した。そこで中国共産党と中国国民党は、協力して日本と戦おうと、争いをやめて手を結んだ。八路軍とは、中国国民党と手を組んで抗日活動するための中国共産党の軍なのである。

兵士の一人が「正人！」と顔を輝かせて叫んだ。ルイだった。仲間をかきわけて駆け寄り、「怪我してるね。でも戻ってこられただけで奇跡だよ」と首根っこに抱きつく。

リーダーらしき年配の男が「同志《ドンズ》正人、さっそくだが、ファイアー・バード計画について君からも説明したまえ」と命じる。正人がうなずき、ルイと並んで「はい。ぼくらが盗み聞いた話では、タクラマカン砂漠の……」と説明しだす。

そのとき、部屋の隅にいた童顔の痩《や》せた兵士が「待てよ！」と立ちあがった。兵士たちが振りかえる。

「この日本人を信じるのか。憲兵にパクられて、すぐ帰ってこれたなんて、変だぜ。日本に通じる二重スパイにちがいない」

「そんなはずない。正人はいい人だし、二重スパイなんて、ここにはぜったいに一人もいない」

と、ルイがむきになって反論した。兵士たちが黙って顔を見合わせる。

正人は顔を真っ赤にし、つっかえながら、

「ぼ、ぼくは共産主義（貧富の差のない平等社会を目指す思想）を信じる者だ。まず、すべての人間が真に平等になること。そして、国家であれ個人であれ、誰かの傀儡（操り人形）にならず、自己決定の自由を持つべきだと考えてる」

拳を握り、

「中国《ゾンゴ》的自《ディズ》治権在《ズージュラ》中国《ゾンゴ》人手《ニンソ》里《リ》（中国の自治は中国人の手に）！」

と言うと、「よし！」「いいぞ、同志！」と拍手が湧いた。天井の鳥たちも鳴き声を木霊《こだま》させる。

リーダーが正人の肩を抱き、「この青年は、上海に渡ってから、我々中国共産党の思想教育を受けた。私も教官の一人だ。志は同じ。みんな、わかったな」と兵士たちに言い聞かせる。

拍手が大きくなる中、痩せた兵士だけが納得できないように黙りこくっている。ルイが気づいて、「ねぇ、正人はいいやつだよ。あのね、初めて会ったとき、共同租界で、車に脚を轢《ひ》かれた犬を介抱してたんだ。二度目は外灘で、酔客にからまれたボクを助けてくれた。それで仲良くなったの。だから、その……」と言い募る。

童顔の痩せた兵士は、肩をすくめて、

「わかったよ。ルイちゃん。でも……」

と、心配そうに顔を伏せた。

リーダーの男が手を叩いて注目させ、正人に説明をさせた。それから大きな声で、

「……つまり、日本軍の現地調査隊に、正人がガイドとして同行することになったのだな。それは我々にとっても好都合だ。やつらをスパイし、我々に逐一報告しろ」

「え、ええ……」

と、正人はうなずいた。

「もう一人同行させようか。よしルイ、おまえも行け。正人は、信頼できる中国人も連れて行くと、兄に連絡しろ」

ルイが「役に立つなら、ボクなんでもするよ」とうなずいた。それから「いけない。大世界《ダスカ》の舞台に立つ時間だ。もう行くね」と立ちあがった。

心配そうに振りむき、「正人……。どうも浮かない顔だね。どうしたの」とこっそりささやく。

「あぁ、いや。兄をだましてスパイするなんて、と思ってね……」

「なに言ってるの。兄弟でも、敵だ！」

とルイがこともなく答えた。正人が「えっ。うん、そうだね。その通りだよ……」とうなずく。

痩せた兵士が壁にもたれて、そんな正人の横顔を疑い深げにみつめる。

天井の鳥カゴが揺れて、鳥たちがまた、甲高い鳴き声を上げた。

冷えた石畳の古路を、ルイが小股《こまた》で走っていく。

ネオンきらめく大通りに出ると、租界の夜の喧騒が急に間近に迫ってきた。人々を乗せた緑の路面電車が、ゴォーッと音を立てて通り過ぎる。通りの左右に小売店が連なり、きらびやかなウインドウに、ハンドバッグやドレス、シルクハットに燕尾服が飾られている。中国語の看板に交じって、フランス国旗も夜風にひらひらたなびいている。

大通りの角に、ひときわ派手な黄色のネオンに彩られた高い塔付きの四階建てビル〝大世界《ダスカ》〟が現れた。漢字の電飾が月より明るく夜の街を照らしている。ルイは建物の裏口から急いで入っていった。

大世界は、演劇の舞台に、映画館、ダンスホール、食堂などが揃った、上海でも指折りの大型複合施設だ。正面から入った客は、吹き抜けの天井を仰ぐ大きなステージに出迎えられる。左右の階段から上階に上がれば、そこでも無限に遊びが楽しめる。

三階のダンスホール東興楼《ドンシンロ》では、楽隊がスイング風の陽気な曲を奏でているところだった。間久部麗奈が髪を振り乱し、嬌声を上げ、仲間たちと踊っている。マリアは片隅で観察している。

そして一階の天井吹き抜けの舞台では……いましも京劇の出し物が始まろうとしていた。

客席の真ん中に豪華な革ソファがある。黒テンの毛皮をまとい、橙色の蝶ネクタイを締めた小柄な中国人の老人が、人の良さそうな笑みで腰かけていた。

——黄金栄《ワンジンヨン》。中国混迷の時代を、阿片や賭博《とばく》、日本軍とのパイプの強さを使って這《は》いあがった、泣く子も黙る青幇《チンパン》のゴッドファーザーである。

と、化粧をほどこしてきらびやかな衣装を身につけたルイが舞台に飛びだしてきた。客の目が追いつけないほどのスピードで、飾り刀を舞わせ、獣のような跳躍力で上下左右に踊り回る。やがて、高鳴る銅鑼《どら》の音に合わせて決めポーズをしながら、その切れ長の美しい目で、黄金栄にぱちっとウインクしてみせた。

黄金栄が皺《しわ》を深め、満足げにうなずく。

そこに、薄水色の男性用中国服に身を包み、細い足首に銀のアンクレットを巻いた、ほっそりした短髪女性が近づいてきた。いかにも男っぽい作り声で「じいじい、今夜もお楽しみかい。おいらの店、東興楼にもあとで顔を出しておくれよな」と声をかける。

黄金栄はちらりと見て、

「ほぅ、愛新覚羅《あいしんかくら》顕玗《けんし》——川島芳子《かわしまよしこ》か」

この男装の麗人は、どこか遠くを夢見る、独特の目つきをしていた。小柄なからだから青い炎のような冷気を発している。

「貴殿は相変わらず、憂鬱な美しさじゃな。その退廃はもはや芸術の域じゃ」

「よせやい。褒めたってなにも出ないぜ」

と照れてみせる横顔にも、不思議と品があった。

——川島芳子こと、滅亡した清の皇族の王女、愛新覚羅顕玗。数奇な運命で、日本人の養女となったり、モンゴル族の将軍の息子と結婚したりと、流転したのち、「清王朝を再興させせん」と大陸の戦火に身を投じた。目的のため、時には日本軍にも協力する女スパイである。

芳子は「んじゃ、じいじい。またな」と愛想よく手を振ると、蒲公英色《たんぽぽいろ》の絨毯《じゅうたん》が敷かれた壁際の階段を優雅に上っていった。横顔にふと影が落ち、作り笑顔もどこかに溶け消える。「有家《ユーチア》不得帰《プートーコイ》（家はあれど帰れず）、有涙無処垂《ユーレイウーチユーチヨイ》（涙はあれど流せず）……」とか細い地声でつぶやく。

三階のダンスホール東興楼に着くと、一転して自信ありげな笑顔を作り、店内に入っていく。丸くて暗いホールを、赤と紫のシャンデリアが妖しく照らしていた。日本人の客は、兵士に商社マン、職業不明の大陸浪人。肌も露わな野鶏《ヤーチー》（白系露人の娼婦）も交じり、曲に合わせてスイングしている。

芳子は暗い一角にある革ソファにどっかりと腰を下ろした。辮髪《べんぱつ》の給仕に阿片《アヘン》を持って来させ、吸い始める。と、麗奈が踊りの輪から飛びだしてきて、ソファの背に身軽に腰掛けた。

芳子がいかにも気だるげに目を細めてみせ、

「おや、奥さま。いつもご贔屓《ひいき》にどうも」

「お姉ちゃまもご機嫌麗しゅう！」

と、顔なじみらしい挨拶《あいさつ》を交わす。

麗奈が芳子に「今夜の新しいお友達よ」とマリアを紹介した。芳子は興味なさげに目を逸らす。するとマリアは床に腰掛け、ただ静かに笛を吹き始めた。

妙なる音色に、芳子が気持ちよさそうに目を閉じ、

「有家不得帰、有涙無処垂……」

麗奈が「その詩、お姉ちゃまの口癖ね。でも帰れない家って一体なぁに？」と無邪気に聞く。

「そうさなぁ。日本の養家にも、モンゴル族の婚家にも、おいら、今となっては未練はないのさ。だからさ、きっと清王朝のことだろうねぇ。幼いころ遊んだ紫禁城（北京の王宮）の美しさを、今も夢に見るからね。青いお屋根に銀の舟。その舟は、夕刻の金のお空に浮いてるのさ……」

と歌うような口調で言ったかと思うと、一転、怒りの表情に変わり、

「おいら、満州国の建国をこの目で見て、そうか、日本の力を借りれば清王朝も復興できるのかと思いこんじゃったものでね。でも満州国は日本の傀儡政権に過ぎなかったし、清が復興する気配もない。どうやらおいらは關東軍の男たちに騙され、利用されただけらしい。ようやく気づいたものの、今度は青幇《チンパン》の手に落ち、泥沼から抜けだせず……」

と阿片のゆらめきを目で追ってみせ、

「おいらの煙は、西太后のため息なのさ」

麗奈が「あら、お姉ちゃまったら。そいつは心得違いだわ」と元気よく身を乗りだした。

「だって、大日本帝国はアジア全体の平和のために戦ってるんですもの」

芳子が「なんだい、そりゃ？」と皮肉っぽく聞く。

「ほらっ、イギリスにフランス、それにアメリカ……欧米の大国が、帝国主義を振りかざし、軍事力でもってアジア大陸を植民地化しようとしてるでしょ。奴らに対抗するためにはバラバラじゃダメ。アジアの国々が一丸となって欧米の帝国どもと戦わなければ、たちまち飲みこまれちまうのよ」

「ふぅむ？」

「なのに、頼みの綱の大国たる中国は、国力が弱り、内戦ばかり……。だから我が大日本帝国が、アジアを一つにまとめてみんなを守ってあげようとしてるの。アジアの国々は安心して日本に任せてくれてよいのよ。鳥就在籠子《ニオージユラロンズ》里《リ》等着喂《デンライユ》食《ザ》哦《ヴア》（鳥は鳥かごで餌を待て）ってこと！」

「へぇ……？　キミ、やけに詳しいじゃないか。さては關東軍少佐の旦那さまの受け売りかい」

麗奈は「まっ」と頬を赤くした。拗《す》ねたように「夫とはもうほとんど話さないもの。今のはお父さまから聞いたのよ」と言う。

芳子が意外そうにし、

「なに、あんな豪勢な披露宴をしたばかりでかい」

「だって！　去年、夫と出かけた帰り、戯れに占い師に見てもらったら、『六年後どちらかがどちらかを殺す』って言われたのよ」

と訴える麗奈の真剣そのものの様子に、芳子がたまらず「そいつはおかしな話だなぁ」と噴きだした。

「お姉ちゃまったら、笑わないで！　あたし、お父様が選んだよく知らない殿方と同衾《どうきん》したあげく、殺されるなんてごめんだわと思ったの。ねぇ、あたしの母は、広島の旧家出身で、未来を視る千里眼を持ってたのよ。早くに亡くなったけども……。あたしに力はないけど、占いをつい信じちゃうのはそのせいかもしれないわ」

「やれやれ！　キミは案外、困ったお人なんだな。おいら、旦那さまに心からご同情申しあげるよ」

と、芳子が本気の口調で諭し始める。

そんな会話に、傍《そば》のマリアが、笛を吹きながら、こっそり聞き耳を立てている……。


大世界の塔のいちばん上に、豪奢な小部屋がある。壁に埋めこまれた無数の宝石が銀河のように光っている。

金と緑の飾りがついた紅木の大きなカウチに、黄金栄《ワンジンヨン》が足を広げて腰掛けていた。足元の床には、ルイが置物のようにちょこんと鎮座している。二人の横顔を、天井から下がる花のぼんぼりが薄黄色に照らしていた。

「怪不得《ガーバダ》（なるほど）……。ルイ、では〝火の鳥〟を關東軍が狙っているのじゃな。作戦名は〝ファイアー・バード計画〟か」

とうなずく黄金栄の顔つきからは、さきほどまでの好々爺《こうこうや》らしさが煙のように消えていた。

「關東軍の目的は兵士の士気高揚、とな。資金源は三田村財閥。……ということは、おそらく〝未知のホルモン〟こそが、武器売買や阿片取引とは比べ物にならないほどの、金の生《な》る木なのだ。三田村財閥の真の狙いはそこにあるに違いない」

「嗯《ンン》（はい）」

「ルイ、關東軍の調査隊に同行し、調査隊と、スパイしている八路軍兵士の様子を伝えろ。我々は気づかれないようにこっそり後方支援する。そして〝火の鳥〟が発見され次第、調査隊員も八路軍兵士も一網打尽に血祭りに上げ……」

にやりと笑い、

「我々が〝未知のホルモン〟を手に入れるのだ！」

ルイが不気味な無表情のままうなずく。床に頭と膝をすりつけ、虫が這うような動きで小部屋を出て行く。

黄金栄はその姿を見送り、満足げにうなずいた。誰にともなく「ふむ、類い稀な美貌の富察遼伊《フーツアルイ》……」とつぶやいた。

「東北の寒村から売られてきた、飢えた子供。わしが拾い、命を与えた。だから、息をしなくなるその瞬間まで、おまえはわしの犬なのじゃ」

と言い、茶碗《ちゃわん》を摑《つか》んで、ぐいっと茶を飲み干す。

八角形の小机に茶碗を戻したとき、部下が入ってきて、毛筆で文章が書かれた紙と、麻縄で括《くく》られた札束を差しだした。黄金栄はまず札束を受け取り、笑みを浮かべた。ついで紙にちらりと目を走らせると、

「おい。三階に行き、愛新覺羅顯玗に命じてこい。新たな任務が入ったとな。明朝、虹口《ホンキュウ》（日本租界）の三田村家へ行き、關東軍の向内大将の指示を受けろ、任務内容はわしは知らん、と」

部下が「はい」と下がる。

一人になると、黄金栄はカウチにゆったりと寝転び、両手で札束を弄《もてあそ》びながら、

「あの川島芳子も、ルイと同じく、わしの犬だ。黒社会に借金をこさえたところを、青幇《チンパン》が助け、

大世界《ダスカ》に店まで出させてやったのだから。清の皇女とて、骨になるまで、わしの命令を聞かねばならん。あぁ、愉快愉快《ユークアー》！」


三階の廊下に大きな絵画が飾られていた。燃える太陽に照らされる黄色い砂漠の絵だ。マリアが一人、絵を見上げて、

「تەكلىماكان《タクラマカン》！　懐かしき我が西方の砂漠よ……」

とつぶやく。

そこを、芳子がふと通りかかって、

「おや。キミはウイグル（中央アジアの遊牧民）語を話すのかい。おいら、てっきりロシア人かと思っていたよ」

「ええ、話せます。تەكلىماكان《タクラマカン》の語源は〝一度入ったら二度と出られない〟という説があるんです。それほど過酷な大地だと」

「そうか……。ふむ、さてはこの辺りがマリアの故郷かい。それが上海なんて、ずいぶん遠い土地まできたもんだね。まっ、誰にでも故郷はあらぁ……」

と芳子が言いかけたとき、角を曲がり、黄金栄の部下が姿を現した。犬にするようにアゴをしゃくって芳子を呼ぶ。芳子は「やれやれ、また任務か」とつぶやき、細いからだを柳のように揺らして廊下を歩いていった。

マリアも反対側に歩いていく。蒲公英色の絨毯の階段をするすると降り、裏口から大世界を出た。

豪奢なビルも、裏側から見ると、不気味なコンクリートの塊に過ぎなかった。氷のような一陣の風が吹き抜ける。マリアは腰から下げた笛をカタカタ揺らし、どこかに立ち去っていった。


そして同じころ、租界の隅の小さな路地では。

月明かりが宵の雲に隠され、ぐっと暗くなる。どこかの窓辺から寂しげな胡弓《こきゅう》の音が聞こえてくる。

爆撃で半壊した建物の隣に、茶色い老房子《ラオファンズ》が残されていた。料理と糞尿と動物の臭いが入り混じって漂っている。藤棚の垂れこめる木造バルコニーで、小ぶりのニワトリが二羽、並んで眠っていた。

そのバルコニーにルイが出てきて、ニワトリのフンだらけの木の椅子にひょいと腰掛けた。両腕を広げ、巧みに操り人形の真似をしながら、「正人。出会った日からずっと、君はこのボクに優しかった」とひとりごちる。

それから「でも」と冷たい無表情で室内を振りむく。

古い書机に思想書が山と積まれ、壁から色とりどりの京劇衣装がぶら下がっている。壁際に無骨な二段ベッドがあり、上段で正人が寝息を立てて眠っていた。

「你救的狗不見得是好東西《ノンジューデイゴバジデズホードンシ》（君が助けた子犬が正直者とは限らない）」
とルイが震える声でつぶやいた。
ゆらりと立ちあがり、手すりにもたれる。長めの前髪が額に落ちかかった。女性的な声色で、どこからか流れる胡弓の音に合わせ、歌いだす。
「スキだけど、裏切るの
スキだから、裏切るの
それが、ボクの愛し方……」
それから両手のひらで顔を覆うと、この世のすべてのものから自分の表情を隠した。

その三　秘密結社〈鳳凰機関〉

翌朝。

虹口《ホンキュウ》（日本租界）の空は、青く晴れ渡っていた。

梅林の広がる公園を、着物姿の女が乳母車を押しながら歩いている。神社からは参拝客が柏手《かしわで》を打つ音が聞こえてくる。マーケットには生魚や味噌など日本の食材が並び、買い物客が忙《せわ》しげに行き来する。

天秤棒をかついだ豆腐売りが、掛け声をかけ、晴天の通りを渡っていく。

その横を、間久部緑郎を乗せた黒塗りの車が、びゅんっと風を切って通りすぎた。

虹口の奥にある三田村家。周囲に連なる、漆喰《しっくい》の壁に赤い屋根の洋館とちがい、黒い瓦屋根を輝かせる日本風の大邸宅である。

車が門をくぐり、玄関の前に停まる。運転手がうやうやしくドアを開けると、緑郎は颯爽《さっそう》と降りたち、

「ふむ、三田村家か！　初めてきたときはまるで要塞《ようさい》みたいだと思ったが、こうして見ると、なに、たいしたことはないぜ」

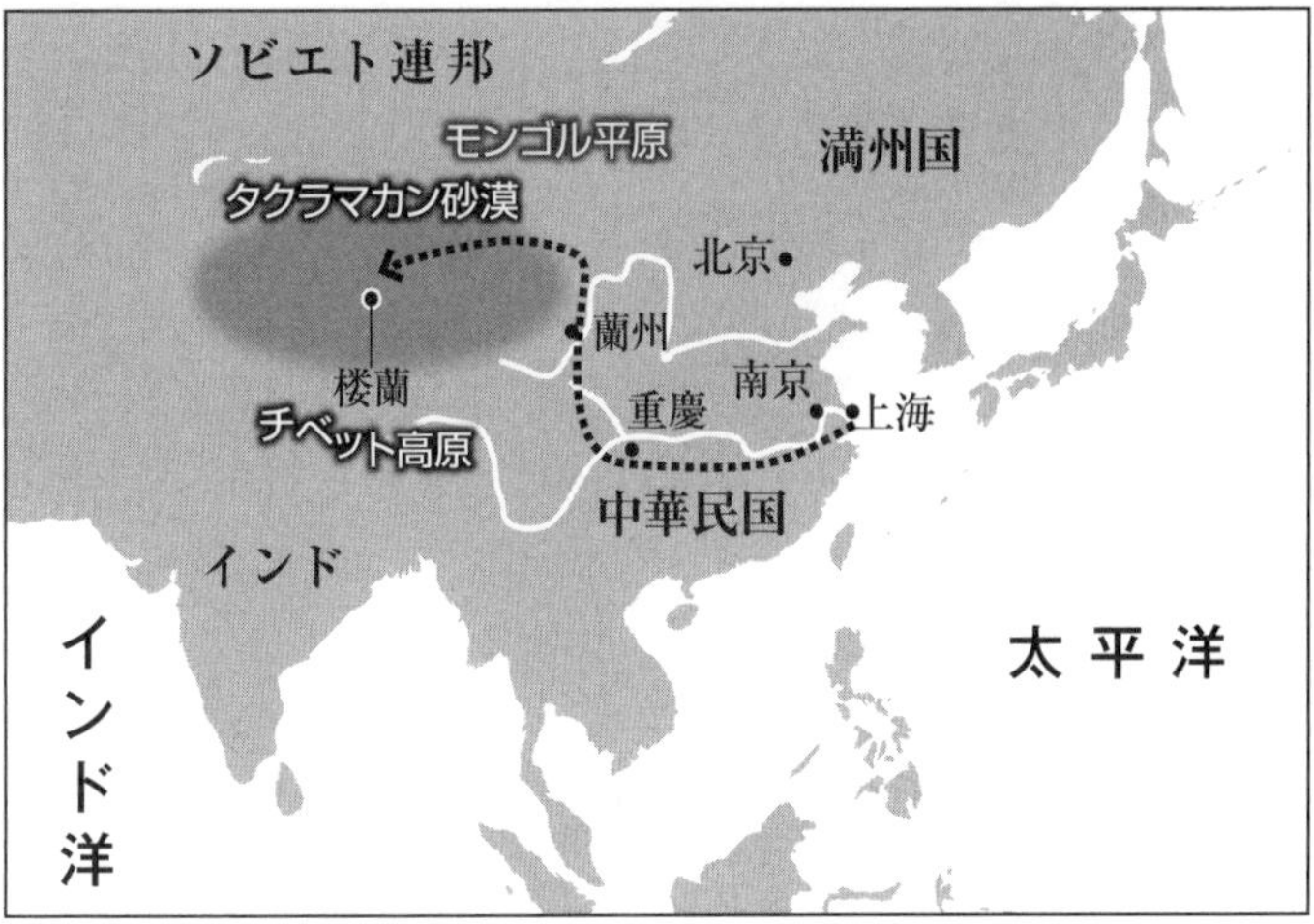

とニヤリと笑ってみせた。

黒衣の召使の案内で、一階の広間に通される。広々とした吹き抜け天井。中央に大テーブル、横にソファセットがあった。壁に掛け軸がかけられ、隅には蓄音機と黄緑の小鳥を入れた金色の鳥カゴがあった。

しばらく待たされた後、召使に促され、中二階に向かう二股の大階段を上って応接室へ入った。ほどなく、向内大将が「間久部くん。ご苦労」と忙しげに入ってきた。緑郎がはっと敬礼する。

「早速だが、ロプノール行きの旅程を詰めねばな」

と、向内大将がアジアの地図をバサリと音を立てて広げた。

――北にはロシアの凍った平地。その下に雄大なモンゴル平原。眠れる獅子《しし》たる中国。西には乾いたチベット高原。南には灼熱《しゃくねつ》のインド。そして、そして……！　薄茶色の地図いっぱいに、広大なるユーラシアの大地が広がっていた。

緑郎は、油断なく居住まいを正した。向内大将がうむとうなずき、

「まず上海を出て、揚子江沿いに西へ、西へ行け！　この地点……南京までは我が日本軍が制圧している。南京を出てさらに西に向かえ。なんとしても、中国国民党の支配下たる武漢、そしてその先の重慶に辿《たど》りつくのだ」

「はっ」

「そして重慶から北西へ。山岳地帯を抜けて、蘭州へ、ウルムチへ……。そしてそこから南へ行け。生きるもののいない死の砂漠、タクラマカンへ！」

「はっ！」

緑郎は緊張しつつ、ビシッと敬礼した。向内大将は頼もしそうに緑郎を見やって、「南京から先は、日本人とばれれば命はない。土地に応じたガイドが必要となる。こちらでも山岳地帯の軍閥に顔の利く特殊なガイドを手配したぞ」と言う。「何人のどういう男でありますか」「男ではない」「なに、では軍閥と関わりを持つ女……？　いったい何者でありますか」と緑郎が不審そうに聞いた。

向内大将がゆっくりと腕を組んで、

「うむ。その者の名は、な……」

三田村家の玄関前。扉に額を押しつけたひどくだらしない姿勢で、川島芳子が立っていた。くしゃくしゃの男性用中国服に、真っ白な毛皮のコート姿。白酒《パイチュウ》の匂いをプンプンさせながら、

「朝から呼び出されるとは……。ちくしょう眠いぞ……」

と呻く。

召使に一階の広間に通され、眠気覚ましの中国茶を出される。けだるくソファに寝転んで待つ。

「おやっ、こいつはなんだ」

ソファの奥の壁に一メートル四方の鉄製の小扉があった。鳳凰の形をしたドアノブがついている。たまたまなのか、五センチほど開いていた。

首を伸ばして覗きこみ、「納戸じゃないようだが」とつぶやく。

扉を開けてみる。奥に細い石階段が見えた。暗い地下に向かって、トグロを巻く黒蛇のようにどこまでも伸びている……？

芳子は床を見下ろし、「ずいぶん謎めいた地下室だな」とつぶやく。

そこに、麗奈も眠そうな顔つきで入ってきた。「あら、お姉ちゃま」とうれしそうに声をかけたものの、扉が開いているのに気づくと真っ青になり、「そこはダメよ！」と叫んだ。

芳子は途端におどけて、

「なんだい。藪《やぶ》から棒に大声を出して」

「だって、パパがぜったいダメって叱るんですもの。あたしも一度も入ったことないの」

「へぇ……。そうかい。よーくわかったよ」

と、芳子はやけに神妙にうなずいてみせた。

それから急に愛想よく、

「ところで、キミ。お茶のおかわりをいただけるかな。呼鈴が壊れてるみたいだから、召使を探しにいってくれたまえ」

麗奈が「あら、まぁ。皇女さまってずいぶん人使いが荒いのね」と明るく笑うと、広間を出ていった。

それを見送るなり、芳子はソファから敏捷《びんしょう》に飛び降りた。「ぜったいダメ、なんて言われたら、よけい気になるのが人間ってものさ」とつぶやき、ポケットに手をつっこむと、鼻歌交じりに階段を下りていく。

さて、どれだけ経ったか……。

「まるで井戸みたいだ。それにひどく寒い」

ようやく階段が終わった。壁に洋燈《ランプ》が瞬き、障子の扉を照らしていた。

檜《ひのき》の表札があり、毛筆で大きく、

――〈鳳凰機関〉

と書かれている。

芳子が「鳳凰……？」と首をひねる。

人差し指を舐《な》めて障子にぷすっと穴を開ける。片目を瞑《つぶ》り、覗く。

薄暗い和室が見えた。ぼんぼりの灯りに、二つの遺影が照らされている。

一人はまだ三十代と見える着物姿の女。ぱっちりした目に丸っこい鼻、気の強そうな顔つき……。間久部麗奈とそっくりだった。

「さては麗奈サンのお母上か。ヒロシマ出身で千里眼だったと昨夜聞いたよな」

穴を覗く角度を変え、隣の遺影も見てみる。

こちらは五十代らしき威風堂々とした男性だった。日本の軍服を着ている。

芳子がはっと息を呑み、

「海軍の山本五十六《いそろく》閣下じゃないか！　昨年末上海で客死された……！　しかし、閣下と三田村財閥の奥方の遺影が、なぜ並んでるんだ？」

そこに、男たちのくぐもった声が聞こえてきた。「むっ、中に誰かいる！」と芳子は色めき立った。覗き穴を人差し指でぐいっと広げる。

――広い和室の奥に、謎めいた東洋人の男が三人立っていた。

丸縁のロイド眼鏡をかけた生真面目《きまじめ》そうな男が、両腕を広げ、

「つぎに鳳凰が飛ぶのはいつだ！」

と叫んだ。

その隣に、黒マント姿の小柄な男がいた。いかにも変わり者らしく、大福を手づかみで食べながら、

「焦ったって、まーだわからんさ」

とふざけ声で答える。ロイド眼鏡の男が「君、口に物を入れてしゃべるな」と注意する。する

と黒マントの男は、わざと口に大福を詰めこんでみせた。

三人目の男は、背が高く、にこにこと愛想がよかった。「あの男ならすぐに帰還してくれましょうよ」と言いながら、黒マント男の口の周りを台拭きでグイグイ拭いている。

芳子は後退《あとじさ》りしながら「關東軍参謀長に、参謀副長じゃないか。あと一人は役人風だが誰だ……？　だいたいなぜ上海の三田村財閥の地下室にいるんだ？」とつぶやいた。

それから真っ青になり、

「こんなところにいちゃいけない。好奇心害死猫《ホージシンヘーサモー》（好奇心が猫を殺す）と言うよな。ここはまるで關東軍上海司令部じゃないか。これ以上、何かを知っちゃまずいぜ……」

と、暗い石階段を音もなく駆けあがっていった。


隠し扉から飛びだした途端、屈強な黒衣の召使に首根っこを強く摑まれた。持ちあげられ、芳子の両足が床からぶらんと浮く。

麗奈がぴょんぴょん跳ねながら「ちょっと、お姉ちゃまを離してちょうだい！」と叫んでいる。

背後から、低く重たい男の声がした。腹の底をつめたい手で摑まれるような、不吉な力強さのある声だった。

「ここには誰も入れるなと言ったぞ！」

麗奈が泣きそうな声で、

「お父様。だって。でも、その」

芳子が「むっ、この声は。泣く子も黙る三田村要造総師だぞ……な、南無三！」と目を瞑る。

「あのね、お姉ちゃまはね、隅っこや細い通路がお好きで、酔っぱらうとあちこち潜ってしまわれるの。なんにも悪気はない純粋なお方よ……」

「口答えをするな。——鳥就在籠子里等着喂食哦《ニオージユラロンズリデンライユザヴァ》（鳥は鳥カゴで餌を待て）！」

「アッ……」

と麗奈が短く叫び、「……はいお父様。申しわけありません」とうなだれた。

天井から吊りさがる金の鳥カゴが動いた。黄緑の小鳥が、ばさっ……と短い羽音を立てた。

黒衣の召使が、芳子の首根っこを摑んで持ちあげたまま、大股で歩きだす。芳子は左右にぶらぶら揺られながら、「あわわ！」と情けない悲鳴を上げてみせた。

召使が中二階への大階段を上っていく。

「おいらをどこに連れてくのさ？　ま、まさか、消されるのか？　地下でなんにも見てないよ！ホントだよ！　おいらはね、おいらはただの……」


　こちらは中二階の応接室。

　向内大将が、机を挟んで向かいあう間久部緑郎に「……その者の名は、愛新覺羅顯玗。元清国の皇女様で、通称川島芳子だ」と言ったとき、ちょうどドアが開き、召使に首根っこを摑まれた芳子が「ただのゴロツキだーい！」と喚《わめ》きながら姿を現した。

ヒョイと放られ、「わぁ！」と悲鳴を上げ、机に広げられた地図に落っこちてくる。

緑郎が顔をしかめて見下ろし、「閣下。まさかこの不良崩れのスパイガールのことでありますか……」とあきれ声を出した。

「うむ、そうだ。今回のガイドには適任である」

「自分にはそうは思えませんが」

芳子のほうは、辺りを見回すなり、「どうやら助かったようだな。こうなったらどんな任務でもござれだ」と上機嫌になり、机からひらりと飛び降りた。

向内大将は地図のよれを几帳面に直しながら、「間久部くん。改めて言うが、任務の旅程は四つに分けられる」と話しだした。

緑郎がはっと背筋を伸ばす。芳子も椅子の背にあごをおき、聞き始める。

「一つ目は、上海から南京までの道だ。揚子江沿いに鉄道があるものの、日本軍の進撃を受けた中国国民党が逃走時、線路を破壊していった。現在、山田部隊（鉄道省の技術者集団）が鋭意復興中だ。二つ目は、南京から武漢を抜け重慶に至る道だ。やはり揚子江沿いだが、鉄道はなく、日本軍と中国国民党が今まさに戦闘中だ。なんとかして船に乗り、揚子江を上流へと上るしかない」

「はっ、弟の正人と、信頼できる中国人一名にガイドさせる予定であります」

「うむ。三つ目は、重慶から成都へ、北西に山岳地帯を登る道だ。中国国民党に加え、モンゴル族、軍閥、旧ロシア帝国の残党などが跋扈する複雑なエリアで……」

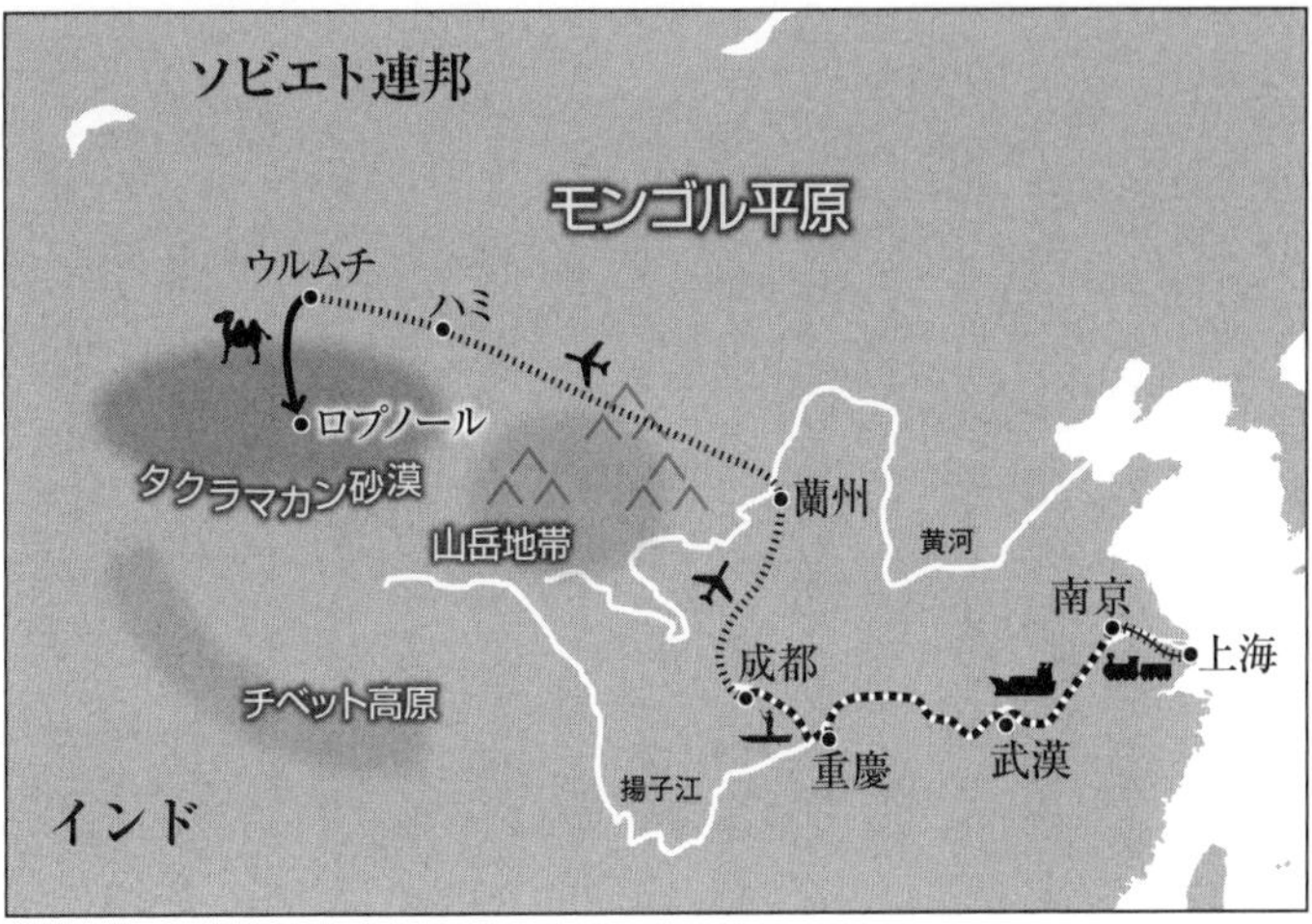

「そっか。オジさん、おいらを呼んだのはそのためなんだね。おいらはモンゴル族の将軍の息子と所帯を持ってたし、軍閥にもロシアにも顔が利くよ」

「そうだとも。そしてさらなる問題は四つ目のエリアだ。ウルムチから南へ。タクラマカン砂漠を進み、幻の湖ロプノールへ向かうのだ。ちなみに、かつて湖畔に楼蘭という小国があったが、西暦一五〇〇年ごろ、明《みん》（当時の中国の大国）の急襲を受けて一夜にして消滅した。以来、周辺に集落はほとんどない。つまりこの地点に到達するためには、ウルムチでウイグル族の商人と交渉し、ラクダ、食糧、水を買い付け……」

「ウイグル族と交渉か。ひゅう！」

と、芳子が口笛を吹いてみせた。

「おいら、ちょいとあてがあるぜ。砂漠地方からはるばる上海にきた子がいてね、ウイグル語を話せるのさ。えぇと、名前は……何だっけな……」

と芳子は首をひねってしばし考えこんだ。それから手を叩いて、

「――マリア！　笛吹き小姐《ショジャ》のマリアさ」

その四　スパイたちの輪舞曲《ロンド》

——五日後の夕刻。

租界の一角に建つ日本陸軍司令部の茶褐色の不気味なビルが、燃える夕日に照らされていた。

茶褐色の軍服姿の兵士が、軍用トラックやサイドカーに乗って次々出入りする。

ビルの一室に、間久部緑郎と弟の正人がいた。無骨なテーブルを挟んで木の椅子が二脚。二人は向かいあって座りつつ、互いから顔をそむけている。

「いよいよ今夜出発か。死の砂漠から未知のホルモンを持ち帰り、日本軍のさらなる進撃に役立てる。ぼくはもう武者震いだ」

と、緑郎が興奮気味に独り言を言った。

今夜は軍服ではなく、粗末なズボンと穴あき半纏を着ている。ふと正人の横顔を見て、「任務とはいえ、弟と遠出するのは子供のころ以来だな」とつぶやく。

そんな兄の顔を、正人は黙って見返した。それからうつむいて、

「こいつは敵だ。でも、兄さんでもあって……」

と苦しそうに呻いた。

ドアが開き、ルイが遠慮がちに顔を出した。花のかんばせに、部屋の空気がぱっと明るくなる。正人が「ルイ、遅かったね」と立ちあがり、椅子を譲った。

しばらくすると、ドアがまた開き、マリアがのっそりと入ってきた。

砂漠の民風の分厚い布の上着と色鮮やかな柄物のスカートを身につけている。表情は硬く、うつむきがちだ。緑郎が「おや、先日の大夜会にいた美女《シャン》じゃないか」と興味深そうに観察しだす。

「……それにしても最後の一人がこないぞ」

と緑郎がつぶやいたとき、ようやく川島芳子が入ってきた。鼠色《ねずみいろ》の八角帽を目深に被り、労働者風の男装をしている。

ルイが立ちあがり、芳子に椅子を譲った。緑郎が「英国風レディファーストか？　しかしマリアには譲らなかったぞ。この京劇役者とおかしなスパイガールは何ぞ関係があるのか？」と首をひねる。

最後に向内大将が現れた。緑郎が立って敬礼し、椅子を譲る。

机に地図が広げられ、全員での作戦会議が始まった。

旅程と役割分担を確認しあったところで、緑郎が「武器を扱える者はいるのか」と言った。

鋭い眼光で順ぐりにみつめられ、ガイドの四人は顔を見合わせる。

正人がおそるおそる「ぼくは学校で柔術を習った程度だ」と言う。

その横で芳子が立ちあがり、ＦＮブローニング・ベビーという小型ピストルを取りだしてみせた。人差し指の先でくるくる回しながら「おいらはコレだ。百発百中のヨシコちゃんさ」とウインクする。

「ふむ、頼りになりそうだ。一方、貴様は……」

と緑郎に睨まれ、ルイが「えっ、ボクぅ？」ともじもじしだす。緑郎はフンと鼻を鳴らして、

「なよなよして、見るからに弱そうだな」

「えーっ。でも、ボク、そんなことなくて……」

と、ルイは赤面して下を向いた。

それから、背中に手を回し、背負っていた飾り刀をぐいっと引き抜いた。一見細く見える腕に、筋肉がこんもりと盛りあがる。

ルイは「ハッ！」「ヤーッ！」と甲高い声を上げ、刀を華麗に振り回して、驚くべきスピードで天井を飛び回りだした。

一同は驚いて天井を見上げる。

と、マリアが腰から下げた枝のような形の笛を握りしめ、床を蹴り、跳躍した。

天井近くで、ルイの飾り刀とマリアの武闘笛が、カン、カン、カンと乾いた音を立ててぶつかる。

ルイは羽が生えたような身軽さで宙を飛び続け、マリアも床に降りたってはまた力強くジャンプする。まるで野生の鳥と獣の如き、見事な輪舞曲だった。

正人が「やぁ、すごいぞ」と感嘆の声を上げ、芳子もひゅうっと口笛を吹く。

「もういい、わかった！」

という緑郎の声に、「ちぇっ、せっかく楽しかったのに」「是了《ズーラ》……」と、二人がしぶしぶ床に降り立ってくる。

緑郎が正人に「用心のため持っておけ」と古い短刀を渡した。正人は嫌がって身を引いたが、

「戦場で自分の身を守れないやつは、仲間の足を引っ張ることになるぜ」と言われると、ルイをちらっと見てからうなずいた。

向内大将が部屋を見回し、

「諸君。これより軍の記録のため写真を撮影する。それからいよいよ出発だ。おのおの上海の街に別れを告げたまえ」

兵士が大きな写真機を運んできた。軍の写真技師も入ってくる。

ルイが飾り刀を構え、ポーズを練習する。正人はその横に生真面目にまっすぐ立つ。マリアは不思議そうな顔をしつつもルイの真似をしてポーズを取る。

そんな中、芳子はひとり、隊員たちに背を向け、窓の外に目を凝らし始めた。

いつのまにかとっぷりと日が暮れ、魔都上海の薄紫色の夜の帳《とばり》が濃く深く垂れこめている……。

「どうも危険な任務のような気がするな。ぶじ帰ってこれるだろうか」

と不安げで憂いに満ちた芳子の横顔に、マリアが目を留めた。窓辺で芳子と並び、頬をくっつけ、一緒にネオンの海を見下ろす。押し殺した声で、

「川島さん、あなたはきっとتەكلىماكان《タクラマカン》から生きて帰ってこられます。でも……」

「そうかい？」

「مەن قايتالمايدىغان ئوخشايمەن《メンカイタルマイデガンオフシャイメン》（わたしは生きて帰ってこられない）」

その言葉に、芳子が「キミ、いまのもウイグル語かい？　なんて言ったんだい」と首をかしげてマリアの横顔を見た……。


翌日の朝。

日本陸軍司令部ビル――。

執務室の革張りの椅子に腰掛けた犬山元帥が、机に山と積まれた書類を広げて確認していた。

そこに向内大将が「閣下」と忙しげに入ってきて、

「ご報告申しあげます。火の鳥調査隊は昨夜旅立ちました。計画通りです」

元帥は「うむ、ご苦労」とうなずいた。

それからふと手を止め、

「君、それはなんだね？」

「調査隊の記録写真であります」

向内大将が敬礼し、四角く分厚い紙を差し出す。

大判の白黒写真――。

間久部緑郎は両足を開いて椅子に腰掛け、軍刀に手を添えている。左右に間久部正人と川島芳子が背筋を伸ばして立つ。ルイとマリアは左右対称のポーズを取ってしどけなく床に座っている。

と、犬山元帥がマリアの顔に目を留め、

「……待て。この女は誰だ！　なぜこいつが上海にいた？」

と、とつぜん顔色を変えた。

向内大将は仰天し「こ、この者はウイグル語通訳ですが。川島の知人でして……」と説明する。

「な、名はなんという？」

「名前ですか。確か、マリアと」

と向内大将は戸惑いながら答えた。

犬山元帥は目をカッと見開き、

「――楼蘭の笛吹き王女マリアじゃないか！　くそっ、よりによって、あの女が日本の調査隊に潜りこむとは！　一刻も早く三田村総裁に報告せねば！　そ、そして、そ、そしてーっ！」

二章　タクラマカン

一九三八年一月

その一　大地が燃えている

汽笛が夜を劈《さ》いた。

上海北駅を出発した臨時便9600型蒸気機関車が、ガタゴト揺れながら、西へ西へと進みだした。つめたい鋼鉄のカタマリが悪魔の吐息のような黒煙をたえまなく吐いている。

火夫台の椅子に、煤《すす》に染まって真っ黒な顔をした男が腰掛け、石炭をくべていた。

夜が濃くなる。機関車はボーッと咆哮《ほうこう》を上げ、間久部緑郎たちを目的の地に運び始めた……。


「少佐、この臨時便には貨物と人間が半々乗っています。主な貨物は武器と食糧。人間は兵隊の他、日本軍に協力する中国人数名。外国人には便民票（乗車許可証）を携帯させます。不所持の外国人は列車から生きて降ろしません」

鉄と油と埃の臭いが充満する、列車内。四角い個室の並ぶ乗客室の廊下に、緑郎たちがいた。

鉄道省の役人が緑郎に便民票を三枚渡す。緑郎が「うむ」とうなずき、マリアとルイと川島芳子に乱暴な手つきで手渡した。

「明け方には南京に到着します。ところで少佐、任務のためとはいえ、今のお姿は中国人と見えます。兵隊を刺激しないよう、個室にいるようお願いしたく」

「了解だ。ご苦労」

と緑郎は役人を労《ねぎら》った。それから扉を開け、ずかずかと個室に入った。

二人がけの座席が対面にしつらえてあり、正面に窓があった。ぞくっとするほど空気が冷えていた。役人が火鉢を運んできて床に置いた。焼網、麻布に包んだ黒パンを「夜食であります」と差しだす。

扉が閉まると、芳子が真っ先に、窓際の壁から伸びている簡易机に腰掛けた。「おいらの特等席だよ」と悪ふざけし、手にした便民票をぶんぶん振ってみせる。

緑郎が「オイ降りたまえ。机が壊れる……」と注意しかけたとき、芳子の背後の窓にお化けのような真っ黒な顔が映った。ルイが「きゃっ」と叫び、正人がとっさにルイをかばう。

ガタンと音を立てて窓が開き、冬の凍った風が個室に吹きこんできた。煤で黒く染まった顔をした男が、外から腕を伸ばして芳子の便民票を奪い、列車の屋根へ姿を消そうとした。

芳子が振りむいて「やったな！」と叫び、男の眉間《みけん》を狙ってピストルを撃った。弾は大きく外れて窓枠の金具に当たり、跳ね返って、緑郎の右肩をかすめた。

「ひゃ、百発百中じゃなかったのか！」

「おいらホラ吹きなんだ！」

「だからこんなやつを雇いたくなかったんだ！　いま死ぬところだったぞ！」

緑郎と芳子が言い争う横で、正人が「ぼくが取り返してくる」と窓から乗りだし、屋根によじ登りだした。と、列車がカーブに差し掛かり、車体が激しく揺れた。「うわーっ」と正人が足を滑らせる。両足がブランブランとぶら下がるのを、ルイが「正人！」と押しあげてやった。ついで芳子も腕まくりして窓から屋根へ這い出ていく。ルイも「あっ、皇女さまが……」とつぶやいて後を追う。

緑郎も続こうとして、ふと振りむき、

「おまえはこないのか？　……マリア」

マリアは床にしゃがんで、火鉢に金網を載せ、麻布から黒パンを取りだしたところだった。顔も上げず、「わたしは砂漠のガイドとして雇われましたから。泥棒退治なんてしません」とぼそっと言う。

緑郎は「貴様ぁ……」と言いかけ、言葉を飲みこんだ。素早い動きで窓から屋根に登る。

マリアだけが残った個室に、黒パンの焼ける香ばしい匂いが立ちこめ始めた。

「待てよ！」

暗闇を疾走する鋼鉄の列車。屋根が暗黒の道のようにうねって伸びていた。芳子は揺れに耐えて片膝立ちになって叫んだが、車輪が起こす激しい音にかき消された。

二十メートルほど先に真っ黒な顔をした男が立っていた。月明かりがその姿を照らす。振り返って何か言った。と、懐から銃を取りだしてこちらに向け、パン、パン、パンと三発連続で撃ってきた。

「危ない！」

ルイが叫び、鳥のように飛翔し、芳子の前に立ちふさがった。その声も列車の轟音《ごうおん》にかき消される。

と、つーっとルイの頬に血が垂れた。弾が危ういところをかすめたのだ。

ルイは犯人を追おうとせず、芳子を守ることを優先する。それを横目で見た緑郎が「やはりこいつら、何か関係があるのか」とまた首をひねる。それから上体を屈《かが》め、「待て！」と犯人へと駆けていった。

黒貂《くろひょう》のような敏捷さで飛びかかり、男をなぎ倒す。

顔面を殴り、殴り返され、ゴロゴロと転げまわり、しばし争った末、男の懐から便民票を取り返す。

列車がスピードをゆるめ始めた。

どこからか「枕木の下の砂利が少ない」「先の線路を復旧させろ」と役人たちの声がする。

揺れが少なくなるにつれ、正人も屋根の上を歩けるようになった。つるつる滑り、転びながらも、緑郎のもとに近づく。緑郎に「こいつを取り押さえておけ」と命じられ、男の両腕を摑む。

男の目に涙が溢《あふ》れた。煤で黒くなった顔で正人をみつめ、

「我老家在南京《ンゴローガーラヌージン》（南京に家族がいる）！」

正人がひるみ、手の力をゆるめた。

途端に男が起きあがり、銃を握って緑郎に向けた。

緑郎が気づき、男に体当たりする。二人でまたゴロゴロと屋根の上を転がる。「兄さーん！」

と正人が悲鳴を上げる。

緑郎の力が弱まっていく。男の銃口が緑郎の口にぐいっと突っこまれる。

すると緑郎は目を大きく見開き、男を睨み返した。

男は憎しみに満ちた表情を浮かべ、人差し指に力を込めた。

緑郎は、この世の見納めと言わんばかりにさらに目をギロリと見開いてみせた。

ついに、銃声が……。

と、そのとき。

男が無言でどさっと緑郎の上に倒れた。緑郎は油断なく男に目をやりながら、そろりと起きあがった。

まず、男の背中につき刺さる短刀を見た。つぎに蒼白となった正人の顔を。最後に、血に染まってカタカタ震える正人の両手を見た。

「に……に、に、兄さーん……」

「なんだ、子供のときみたいな顔しやがって！」

緑郎が快活に笑った。労うように弟の肩を叩く。

「やったな、弟よ！」

やがて列車が夜の真ん中で停止した。

線路の先でランプの光がいくつも揺れ始める。カンカンと復旧作業の音も聞こえる。

ルイが足早に近づいてきた。正人が震えながらその手を握り、

「ぼく、ぼく、人を殺しちゃった。ルイ……」

「いいや、まだ死んでないぜ」

と緑郎が男の体を乱暴に起こした。「ぐ、ぐ……」と呻き声が聞こえた。

銃を奪い、男の口に銃口を突っ込むと、緑郎は一切の躊躇《ちゅうちょ》なくトリガーを引いた。

ズドン、とくぐもった銃声がした。

正人が「うわーっ」と悲鳴を上げた。ルイは歯を食いしばり、悔し涙をこらえた。

緑郎は男の体を屋根から思い切り蹴り落とすと、夜空を見上げ、

「このぼくを殺そうとは、百年、いや、百万年早いぞ。アーハハ！　アーハ、アーハハハハ！」


停車した列車からすこし距離を置き、闇に紛れ、青幇《チンパン》の車が何台か停まっている。列車の屋根にいるルイに向かい、ライトを点滅させて合図する。ルイは唇を嚙み締めながらもこっそりうなずいた。

銃声を聞きつけてやってきた役人に、緑郎が事態を説明する。それから緑郎を先頭に屋根を歩き、個室に戻ってきた。

そこに別の役人がばたばたとやってきて、「便民票泥棒は、火夫（缶焚《かまた》き職員）に化けて乗りこんだようです。火夫が足りなくなりました。少佐の連れている外国人を一人貸していただきたく」と言った。

芳子とルイとマリアが顔を見合わせる。正人が「ぼくが……」と手を挙げるが、却下される。ルイが行くことになり、むっつり出て行く。と、芳子も「兄《あん》ちゃん、おいらもつきあうぜ。夜風に当たるのも悪くない」と言いだし、連れ立って去っていった。

個室には緑郎と正人とマリアが残された。

しばらくすると、緑郎も二人を置いて、寒々と凍える廊下に出た。

冷えた壁に背を預け、「ふぅむ」と腕を組む。

「波乱含みの出発だな。だが失敗は許されない。ぼくは必ず成功させるぞ……」

とつぶやく。

顎を上げ、天井をぐっと睨みつけ、

「關東軍で出世し、三田村財閥の女も手に入れた。だが麗奈はこのぼくを、所詮《しょせん》庶民だ、叩き上げの男だと舐めてくる。日本が、大国ではなく、極東の小さな島国にすぎないようにだ。だが、今ここにぼくはいる！　他の誰でもない、このぼく、間久部緑郎が！　火の鳥の未知の力を持ち帰り、存分に皇軍を士気高揚させるのだ。そして戦争に勝利し、いつの日か、ユーラシアの大地すべてを我が日本の領土とする！　ぼくの、ぼくの力を見せてやるぞ！」

と、緑郎が廊下でそう誓っているとき。

個室のほうでは、マリアが火鉢で黒パンをおいしそうに焼き、豆乳を入れた水筒と一緒に正人に差しだしているところだった。

「正人サン、罪のない人間なんていません。動乱の時代ならなおさらです。罪がないのは神さまだけです。ねぇ、そんなに泣かないでください」

「で、で、でも……」

と正人は窓に顔を向け、あふれる涙を隠した。ほっそりした背中が小刻みに震えている。

マリアは吐息をついて、

「正人……ウイグル語でتوغرا ئادەم《トグラアデム》（正しい人）。この時代には実に重たい名前ですね。いつか火の鳥にまた逢えたら、あなたのことを……」

「また？　あなたは、火の鳥を見たことがあるんですか」

と、正人がおどろいて聞いた。マリアは「いえ！　なんでもありません」とあわてて首を振った。

おなじころ――。

ルイと芳子はというと、蒸気機関車の火夫台でスコップを握っていた。

線路の復旧作業がようやく終わり、列車が再び動きだした。二人が石炭をくべ始める。

凍えるような冬の夜風と、火傷しそうな蒸気の熱の両方を肌で感じながら、ルイが感極まったようにつぶやいた。

「皇女さま。ボクは満州族（清を建国した中国東北部の民族）の男です」

「……わかってたぜ。富察《フーツア》ってのは北に多い名字だ」

「清がなくなって以来、北はすっかり貧しくなり、ボクも南の都会に売られました。今では青幇《チンパン》の操り人形みたいなものです。この旅でも、ボクはじいじいの指示通りに動かねばなりません。しかし皇女さま、あなただけは命をかけてお守りいたします」

芳子は一瞬考え、「そうかぁ。そいつは心強いね」とつぶやいた。

闇の向こうにかすかな光が見え始めた。新しい日がまたやってくる。二人の顔は煤で黒く染まっていた。線路の枕木も漆黒に光り、連なっている。

「ボクたちの広大な大地は、まず西から英国に狙われた。アヘン戦争に、南京条約。そしてお次は甲午（日清）戦争、日俄（日露）戦争。北からロシアに、東から日本に攻められた。偉大なる清はいつしか弱りはて、後に中国国民党を作った孫文の影響で起こった辛亥革命で倒されてしまった。しかしその孫文も早く死に、国土は乱れに乱れ、そのうえ九・一八（満州事変）にこの戦争と……日本の侵略を受けています。一国的自治権在全体国民手里《イークオトーツーチーチユワンツアイチユワンテイークオミンショウリー》（国の自治はその国の民の手に）！」

ルイは列車の立てる轟音にかき消されまいと、大声で言った。黒く染まった顔を汗が流れる。

スコップで石炭を持ちあげながら、

「皇女さま。この光景を、とくと」

言われて芳子も、手を止め、額の汗を拭きながら辺りを見回した。

明け方の鈍い光に、いつのまにか、線路左右の情景が浮かびあがっていた。

被弾し炎上したヴィッカース軽戦車の残骸《ざんがい》が野ざらしになっている。力尽きて倒れた軍馬も。線路のすぐ横では国民党の兵士が折り重なって倒れている。遠くの家々も燃え、吹き飛ばされ、残骸になっている。

列車に乗る者以外、生き物の気配が一切なかった。

夜はしらじらと明けてくる。

ルイと芳子は、しんと静まりかえった情景に目を奪われた。やがてちらちらと雪が舞い始めた。戦車の残骸にも、軍馬の死骸にも、地に倒れる兵士にも、白く落ちては、溶けていく。

「ボクこの恨みをけして忘れない。――大地が燃えている！」

石炭が真っ赤に焼け、ばちっと爆《は》ぜた。雪がしらじらと舞い散る。芳子が黙ってルイと肩を組んだ。ルイがちらりと見ると、芳子の目から滂沱《ぼうだ》の涙が流れていた。煤で真っ黒の顔に涙の川ができる。

「そうだな、ルイくん……」

とつぶやく。

「おいらたちの大地が、燃えている。血を流し、大声で助けを求めているぜ……」

雪の彼方、遠くに南京駅が見えてきた。二人は急いで涙を拭くと、幾度も深呼吸をした。

その二　揚子江を上れ！

蒸気機関車は咆哮のごとき汽笛を響かせ、枕木に雪の積もる南京駅へと滑りこんでいった。降車口に立つ日本兵に便民票を見せ、一同はホームに降り立った。

北風に首を縮めながら、マリアが「この町にくるのは久しぶりです」とつぶやいた。正人が「南京で育ったのですか」と聞くと、かぶりを振り、

「東のほうに孫文の墓があって、以前そこに用があり。ずいぶん立派なものですよ」

その声に芳子が振りむき、「あの墓は国民党にも共産党にも大事にされてたな。どうやら日本軍の空爆にも遭わなかったようだぜ」と言った。

マリアが何か答えようとしたとき、緑郎が「おい、急げ」と一同を促した。

南京駅から徒歩で南京港に向かう。揚子江から吹く氷のような風に、ルイがぶるっと震える。正人は自分の上着を脱いで着せてやった。

朝の空に、舗装された道に、崩れかけた建物の壁に……何もかもに腐臭が滲《にじ》んでいた。歩くにつれ濃くなっていく。誰も何も言わず、前に進み続けた。

正人が青くなってふらっと倒れかけると、芳子が両手で支えた。正人が震えているのに気づき、

上着を脱いで着せてやる。それを見たルイが、自分が着ていた正人の上着を脱いで芳子に渡す。芳子が「三人で上着の交換会をしたらしいや」とか細い笑い声を立てた。

ようやく揚子江が見えてきた。

南京港には北風がふきすさんでいた。日本兵、欧米の商人グループ、中国人難民の群れがひしめいていた。

緑郎がルイにお金を渡す。ルイは人波をくぐり抜けて、民間船の船長をつかまえると、愛嬌のある訛りで、

「オッチャン。ワシら、故郷に帰るんじゃ。ワシと兄チャン三人、上の兄チャンのヨメだ。ほぅれ、カネならある。オッチャンのお舟に乗せとくれよ……」

ルイの交渉で、一同は古いジャンク船に乗りこんだ。

船底は汚れ、なんともいえない臭いがした。百人以上詰めこんだところで、船長が「オーイもういっぱいだ！　重慶からまた戻ってくる。いや本当だ！　先月から休みなしに往復しとる」と叫んだ。

大声で嘆く難民たちを港に残し、ジャンク船は揚子江を南西に進みだした。

川上へユラユラ上っていく。

緑郎が一同を集め、小声で、

「ここから先は中国国民党との戦闘地域だ。くれぐれもぬかるなよ」

河岸を振り返りながら、マリアが「是了《ズーラ》……」とうなずく。芳子もつられて河岸に目をやった。船に乗れなかった難民の一部が、揚子江沿いの道無き道をよろめいて歩き始めていた。彼らの背後では工場が火災を起こし、黒煙を上げていた。雪のそぼふる朝の空かなたを、豆粒のような戦闘機が飛びすぎる。

反対側の河岸には日本兵の群れがいた。戦車や野砲や軍馬も小さく見える。と、戦闘開始の喇《ラッ》叭《パ》が高らかに鳴った。敵陣らしき方角に向かい、ドンッドンッと砲弾を撃ち始める。機関銃の音もパラパラと響く。

真ん中の揚子江には、日本海軍の砲艦、国旗を掲げた欧米の民間船、難民を乗せた小さなジャンク船が浮かんでいた。波しぶきとともにすれちがう。

日本海軍の水上偵察機が、轟音を立てて川面すれすれを飛んできた。敵兵の隠れる丘に爆弾を落とし、去っていく。爆撃の余波が河岸の難民たちを襲い、悲鳴が響いた。ジャンク船の人々も心配して叫び声を上げ、振り返る。そこに水上偵察機が戻ってきて、さらなる爆撃が続いた。

ジャンク船はどんどん川を上っていく。

船上で難民たちが「日本鬼子《リーペンコイツー》！」と叫びだす。ルイと芳子も一緒に叫び声を上げる。

正人がガタガタ震えだした。マリアに「どうしたんですか」と聞かれて「ぼく、みんなの顔がさっきの男の人に見えるんです……」とつぶやく。

「ぼく、ぼく、どうしたら……」

「弱虫の毛虫野郎め！」

と、緑郎が正人の首根っこをつかんで揺さぶった。顔をぐいっと近づけ、「生きるのは戦いだぜ！　強い者が勝つ！　この世ってのはそれだけだ！」と嘯いた。

「兄さん、やめて！　ぼくは……」

「正人、聞け！　いま支那（中国）は弱くなったのさ。だからこうして国土を失うんだ。国も、人間も、おんなじだ！」

水上偵察機がまた飛んできた。

瞬間、空が隠れて暗くなり、飛行機の銀色の腹が、手を伸ばせば届くほど近くに迫った。船上の難民たちが悲鳴を上げる。川に飛びこもうとする者もいる。

緑郎は仁王立ちして飛行機を見送りながら、

「聞け、正人。我が日本は、開国後、欧米の帝国から大いに学んだ。憲法など国造りの方法、産業技術をどんどん取り入れ、富国強兵にも励んだ。もともと、開国前も長らく支那（中国）から学び、国や文化を作ってきたからな。大国の知恵を取り入れることに抵抗がないのだ。そして日本はいま東アジア随一の帝国に成長した！」

と言うと、顎をかいて「日本も立派になったし、このぼくも出世したぜ……」とつぶやく。

「正人、比べておまえは、弟なのに、つくづくだめな奴だなぁ。幼いころから、汚い猫を拾ったり、貧しい家にお年玉を譲ったり。駆けっこでも、転んだ友達を助けに戻ってしまい、あとで親父に叱られてたな。長じて、大人になったら、プロ、プラ、プレリ……がどうとか……おや、なんだっけな」とばかにしたように言う。

「プロレタリアート（労働者階級）！　兄さんっ……」

と正人は怒った。「貧しい家も、転んだ人も……。すべての人間が平等であるべきなんだ。それに、世界中の猫に暖かな寝床が支給されるべきで……。く、くっ……」としゃくりあげる。

揚子江の濁流はうねっている。河岸では列車が横倒しになり、倒れた軍馬が半ば凍っている。上流から商船が列を作って下ってくる。と、ドンッと大きな音がし、水煙が上がった。先頭の商船がバラバラに飛び散り、炎と破片が降ってくる。

「いかん、機械水雷だ……！」

と緑郎が言った。ジャンク船の上に大きな破片が燃えながら落ちた。真下にいた人が下敷きになり、人型の炎になった。またたくまに火が広がる。

緑郎と芳子が同時に「おい飛びこめ！」「ドボンと行け！」と指示した。

凍れる真冬の揚子江につぎつぎ飛びこむ。心臓が止まりそうな冷たさだった。ルイが「ボク、泳げないの……」と悲鳴を上げてぶくぶく沈んでいく。正人が腕を伸ばしてルイを引き上げ、自分が掴まっていた木板を譲り、河岸へと力強く押した。と、ざばりと波がきてこんどは正人が水を飲む。のどが音を立てる。正人が静かに川底へ沈んでいく。一瞬の出来事で、誰も気づかない。

と……。

緑郎が川底へと潜り、正人の腕をつかんで、強引に引き上げた。「ちくしょう、手のかかる弱虫毛虫だぜ」とブツブツ言いながら河岸まで泳ぐ。

天気はいいものの、気温は低い。濡れた衣服を風が冷やしていく。

難民たちとともに、凍えながら河岸を歩きだす。

船をみつけて乗り換え、再び川を進む。数日経つうち、一同は疲れ果てた。芳子が「まだまだ大陸の先は長いぜ。果たしておいらたち、ぶじロプノールに辿りつけるかな」と震えてぼやいた。正人も「砂漠の奥の奥にあるという幻の湖か……」とつぶやく。

船はようやく武漢の港に到着した。中国国民党の臨時政府がある場所だ。

難民は、陸路を北や南に逃げる者、揚子江を上ってさらに西を目指す者に分かれた。ルイがまた交渉し、調査隊一同は新しいジャンク船に乗りこんだ。

下流では濁っていた揚子江の水も、澄んでいた。見下ろすと、川底に沈む西洋の帆船がうっすら見えた。長い髪をした女も沈んでいる。髪が藻のようにユラユラ揺れていた。

数日経ち、船が重慶の港に着いた。中国国民党政府の首都となる予定の町だ。

港から成都に向かう舟を探していると、童顔で痩せた八路軍兵士がルイと正人にこっそり近づいてきた。合図し、小声で「重慶に中国共産党の仲間が待機している。調査が終わったらこの町に戻り、報告せよ」と言う。ルイと正人が黙ってうなずく。

調査隊一同は木の葉のような形をした小舟に乗りこんだ。十人も乗ればいっぱいだ。うねる川を、北西に向かい、ゆっくり上っていく。

両岸には凍りついた田園が広々と広がっていた。次第に巨大な藍色の山が連なり始める。山肌には小さな四角い家がぽつんぽつんと見える。川面には幾つもの山々がさかさまに映っていた。

正人が疲れと寒さで歯を鳴らしながらも、大陸の雄大な景色にみとれ始めた。笑みを浮かべ、緑郎に「ねぇ、ねぇ、兄さん」と声をかけた。

「なんだよっ、毛虫」

「見なよ……。山がきれいだよ」

「ったく、寝言はよしてくれ。戦争中だぞ！」

「あぁ、戦争中さ。でも」

と正人は山を見上げ、しみじみと、

「――兄さんにはぼくがいるから大丈夫だよ」

「ぎゃ、逆だろうがっ！　おまえ、ここまでぼくの足しか引っ張っていないぞ！　正人！　寒さで寝言製造器になっちまったか……」

そのとき両岸に高さ数百メートルの切り立った崖が現れた。日差しが遮られ、暗くなる。うねうねした川を木の葉のような小舟が心もとなく上っていく。

一体いつの時代のものか、崖いっぱいに彫られた巨大な釈迦像が現れた。お釈迦様が半ば閉じかけた目でこちらを見下ろしている。

芳子が「わぁ！」と感嘆の声を上げた。同乗する難民たちが、目を閉じ、手を合わせた。正人とルイと芳子もはっとし、一緒に手を合わせた。緑郎は「なんだ、こんなの、フン」と子供みたいにむくれてそっぽをむく。

豆粒のような人間たちを乗せた小舟は、川を上り続けた。

夜もとっぷり暮れたころ、調査隊一同は成都に辿りついた。

深い緑の広がる風光明媚《めいび》な古都。家々も古路も灰色の石でできていた。背の高い街路樹が冬の風に揺れていた。川からの水音が響き、月光が夢のように青白く降り落ちてきた。

水汲《みずく》みをしたり、古路に出した机で麻雀《マージャン》に興じたりする町民に交じって、軍服姿の国民党の兵士、黒い毛皮を羽織ったロシア人商人、鬚《ひげ》モジャの顎をして機関銃を背負った軍閥集団なども、我が物顔で闊歩《かっぽ》していた。

緑郎は難民を装ってゆっくり歩きながら、

「この町まではまだ戦争がきてないな。政治的にもさまざまな勢力が共存している」

と低くつぶやいた。

その隣で、マリアが足を止めた。正人に「どうしましたか」と聞かれ、民家の庭を指差して、

「ミフクラギの木です。樹液は猛毒で、殺鼠剤《さつそざい》に使われるんですよ」

「へぇ！　ごく普通の木に見えるのに、こわいな」

マリアは「ええ」とうっすら笑った。

この成都で一泊し、明朝からは飛行機で北を目指すことになった。

芳子が「こういう町はおいらに任せろ」と請け負い、中国国民党勢力下の民宿を探してきた。

汚れた顔を拭き、緑郎の銃剣の切っ先を鏡代わりに口紅もひき、「さて色仕掛けだ。おいら恒例

のショータイムさ」と妖艶《ようえん》に微笑んで民宿に入っていく。

が、すぐ出てきて、おどろく緑郎に「だめだった！　相手にも好みってもんがあらぁ」と頭をかいてみせた。

芳子が「ということは、キミが適任だよ」とマリアの背中を押す。マリアは「ズ、ズ、是了《ズーラ》……」と宿に入っていったものの、すぐ出てきて、「色仕掛けが理解できません」と首を振る。

マリアに芳子が「こうして、こう笑って、こう頼んでおくれよ……」と教えている横を、ルイがすたすたと宿に入っていった。すぐ出てきて「大部屋を貸してくれるって」とあっさり言う。

緑郎が芳子の頭を軽く小突き、

「この不良娘。なかなか笑わせてくれるな」

芳子は「チェッ、参ったね」と苦笑した。そしてみんなと宿に入っていった。

一同が暖炉の前で暖まり、食事を取っている間に、芳子が外に出た。今度は暖炉の煤で顔を汚し、口紅も拭って男に化けた姿だった。しばらくすると戻ってきて、緑郎に「大将。飛行機だけどさ」とささやく。

「この成都の飛行場は、主に中国国民党、旧ロシア商人の武器輸送に使われているようだ。おいら、旧ロシア商人の小型飛行機を借りたぜ。明朝いちばん、北へ飛びたとう。国民党の兵士にばれないよう、こっそりな」

「うむ、ご苦労」

「蘭州、それとハミという町で燃料補給する。ウルムチまでは飛行機で行ける。で、その先の死の砂漠は……おいらにゃ未知の世界さ」

「ウルムチからはマリアの出番だな。ヨシ……。ふわーあ！　明日に備えて、おまえももう寝ろ、不良娘」

と笑うと、緑郎はゴロリと横になった。

その三　プロメテウスの火

さて翌朝。冬晴れの空が広がる中、一同は徒歩で郊外の飛行場に向かった。

建物が減り、人も減り、畑や空き地が増えてくる。

やがて、薄茶色の地面がむき出しのだだっ広い敷地に小型飛行機が何機か停まっているのが遠く見えた。兵舎に似た平屋の建物も連なっている。

「あれが成都飛行場か。……むっ?」

と、緑郎が足を止め、目を細めた。

ほどなく、近くでパーンと乾いた銃声がした。一同はとっさに武器を握って構えた。芳子が「国民党が隣の空き地を使ってるらしいぜ」と囁く。

一同は油断なく歩き、飛行場の敷地に入っていく。

芳子が駆けていき、パイロットらしきロシア人の男と何か話しだした。男はうなずいている。

緑郎はうつむいて歩きながら、ちらりと空き地に目を走らせた。

機関銃を手にした中国国民党の兵士が五人。地面に打たれた杭に縛りつけられた男が二人。一人は胸から赤い血を流し、首をガクリと垂れていた。

ルイが「政治犯を処刑してるぞ」と正人に囁く。正人も「そうだね……」と震える。

「おい正人。日本人だとけっして気づかれるなよ。ぼくとおまえも処刑されちまう……」

と緑郎が弟に鋭く命じたとき。

杭に縛られた男が顔を上げた。緑郎を見るなり日本語で、

「間久部くんじゃないか！　おーい、助けてくれぇ！」

縛られていたのは、苦悩にぐっと見開かれた目と大きな鼻をした五十がらみの小柄な男……猿田博士その人だった！

「猿田博士？　一体なぜここに……」

「なに、兄さんの知り合いかい」

緑郎がそれには答えず、はっと顔色を変え、

「まずい！　日本人だとばれたぞ！」

兵士たちが緑郎たちを見ながら何か話している。銃を構えて近づいてくる。

「走れ！　飛行機に乗りこめ！」

と緑郎が叫ぶ。先頭を駆けながら、

「おい不良娘！　パイロットに命じろ。飛行機を出せとな。エンジンを熱々にし、すぐ出発だ！」

一同は全速力で走る。その背後から国民党の兵士が追ってくる。緑郎がいちばんに飛行機に飛び乗った。続いてマリアとルイもタラップに手をかける。と……。

飛行機の窓から外を見て、緑郎が目を剝《む》いた。

正人は囚われの猿田博士のほうへ走っていっていた。「助けてくれぇ！」という博士の声も聞こえてくる。

唖然《あぜん》とする緑郎の隣で、芳子がしみじみと、

「大将。あんたの弟、つくづくバカだな」

と唇を嚙み締めた。それから、

「バカは好きだぜ。助太刀いたす！」

と叫んで飛行機を飛び降りた。ルイも「あーっ、皇女さまが……」とあわてて追っていく。

「待て。おまえら……！」

機内には緑郎とマリア、パイロットだけが残された。

兵士たちのうち三人が正人たちを追いかけ、二人はこちらに向かってくる。

緑郎は目を見開き、遠ざかっていく弟の背中をじっと見送った。それから「あいつともここまでか」と首を振った。

「扉を閉めろ！　いますぐ飛び立て！　命令だ！」

「……ほんとうにいいんですか？」

とマリアが静かな声で聞いた。

緑郎は二本の指でマリアの顎をつかみ、顔をぐいっと近づけた。「この先はおまえがガイドだからな。奴らがいなくてもなんとかなる。この際二人仲良くやろうじゃないか、美人さん」とニヤリとする。

マリアは湖のように青い目を細め、

「緑郎、あなたは相変わらずですね。自ら辺境の地に連れてきた弟を、こうも簡単に見捨てるとは」

「な、なぜ知ったような口をきく？　知り合ってまもないはずだが」

「いいえ、緑郎。わたしは……」

とマリアが立ちあがった。

飛行機の扉を開ける。凍える風が吹きこみ、亜麻色の髪をライオンの鬣《たてがみ》のようにたなびかせた。振りむいたマリアが、風より冷たい声で「あなたのことをよく知っています」と囁く。腰に下げた武闘笛を引き抜き、タラップから飛びおりた。兵士二人のうち、一人の首の後ろを笛で打ち据えて倒し、すぐ跳躍して、もう一人が構えた機関銃を蹴って遠くに飛ばす。

緑郎はその姿を見下ろし、唖然として、

「マリアは何者だ？　ぼくはあんな女はちっとも知らんぞ……！」

囚《とら》われの猿田博士のもとへ、正人はまっすぐ走っていった。国民党の兵士が機関銃の銃口を正人に向け、撃とうとする。と、正人を追ってきた芳子が、小型ピストルを振り回し、めちゃくちゃにあちこちを撃った。

一発が、猿田博士を杭に縛りつけている縄をかすめた。博士は真っ青になり、「助けて……」

と呻いた。

兵士たちが芳子をぐるりと囲む。「まずい。おいら弾切れだ」と芳子が天を仰いでぼやく。そこにルイが駆けつける。背中の飾り刀を引き抜きつつ、地面を蹴って飛翔し、兵士たちの機関銃を叩き落としていく。

芳子が機関銃を拾い、笑いながら前後左右にめちゃくちゃに撃った。猿田博士がまた「たっ、助けてくれぇ……」と悲鳴を上げる。

正人が縄を解いてやり、猿田博士を背負った。飛行場へと走りだす。

「誰だか知らんが恩にきるぞ。お若いの！」

「ぼくは正人です。間久部緑郎の……その、弟です」

と、正人は声を絞りだすように言った。

「なるほど。優秀なわけじゃな」

「い、いえ！　ぼくは、兄とはちがって……」

言いかけた言葉を、正人は呑みこんだ。

芳子とルイも追いかけてくる。

飛行機のそばでは、マリアが二人の兵士と立ち回りを演じていた。芳子が「助太刀するぜ！」と走り、兵士の一人にむしゃぶりつく。

正人は機内に博士を乗せた。振りむいてルイに「怪我はないか」と聞く。ルイが「嗯《ンン》」と甘えてうなずく。

緑郎がじれたように叫んだ。

「飛べー！　早く飛ばんか！」

扉を開けっぱなしのまま、飛行機がゆっくり動きだした。飛びついてくる兵士を、マリアが武闘笛でむりに叩き落とす。

何発もの銃声に追われながら、小型飛行機はガタガタと揺れ、飛びたった……。


うっすら霧のかかった朝の渓谷を、小さな飛行機が北に向かっている。

太陽が山肌を橙色に染めあげる。霧の向こうでは木々の緑が揺れていた。

機内では、緑郎は座席に座りこみ、額の汗を忙しなく拭いていた。それから正人をギロリと睨み、「貴様！　なにをしたかわかってるのか！　調査隊の目的を忘れたか」と怒鳴りつける。正人はうつむいて黙る。

緑郎は猿田博士のほうを振り返って、

「博士もなぜあんなところにいたんです？　危険な場所ですよ！　あなたは処刑されるところだったんだ！」

「面目無い……。關東軍やら三田村財閥やらに交渉したものの、聞いてもらえず。どうしても調査隊に同行したくて追ってきたのじゃ」

緑郎が不審そうに、

「博士には、我々が持ち帰った未知のホルモンを分析するという大切な役目があるのに……？」

「間久部くん、わしの話を聞いてくれんか！」

と猿田博士が目を暗く光らせ、身を乗りだした。緑郎は「うむ、まぁ聞きましょう」と腕を組む。博士は日本語の会話に切りかえて、

「君、知っての通り、百五十年以上前に欧州で始まった産業革命により、世界はガラリと変わったのじゃ。蒸気や石炭の力を使い、あらゆるものを大量生産できるようになった。そうなると今度は作ったものを消費せねばならん。そこで欧米各国はアジア大陸やアフリカ大陸をつぎつぎ植民地にし始めた。つぎに、領土を巡る争いが続いた。そして今から二十四年前の一九一四年——ついに世界大戦《グレートウォー》が起こったのじゃ」

「いや、そんなことは知ってますよ、博士」

「黙って聞くのじゃ、間久部くん！　君、その世界大戦時、戦車、戦闘機、潜水艦、毒ガスなど文明の利器が活躍したのは知っておるじゃろう」

「ええ」

「その大戦終結から早十九年。いままた世界はつぎの大きな嵐を迎えようとしておる」

「その通り。まさにいま我々は嵐の前に降る冷たい雨を浴びているところです。だからこそ、ぼくは！　火の鳥を探しだし！　皇軍の士気高揚に……」

「ふん！　これだから軍人は……」

「なんですって！　ぼくを侮辱するのか」

「君、科学者の目から見れば、今後の世界情勢を左右するのは兵士の士気云々ではないぞ。石炭や石油に匹敵する新エネルギー源をどの国が確保するかじゃ。……間久部くん、じつは幾つかの大国がすでに新エネルギー源の開発に着手しておる。ユダヤ系の科学者たちが、ナチ党率いるドイツから逃げ、どうやらアメリカのマンハッタン辺りに集まりつつあるという噂も一部である。もう一刻の猶予もならん」

「む、む……？」

「そこでだ！　わしは關東軍にも三田村財閥にも掛けあった！　だが奴らはまったく聞く耳を……」

「待ってください。一体なにを掛けあったんです、博士？」

猿田博士は静かな声で、

「君は、火の鳥のホルモンが生物を若返らせるなら、逆に生物を死に至らしめる力もあると想像したことはないかね。兵士の士気を高揚させるだけでなく、火の鳥の力でたくさんの敵を一瞬で殺せたら……？　つまり、火の鳥を新エネルギー源とする最終兵器が作れたら、どんなにすごいだろうかと」

「最終兵器ですって！」

「そう。あの未知の生物の力を手に入れたとき、大日本帝国は世界の覇者となる。火の鳥こそ、我々迷える日本人の前に姿を現した……」

博士は言葉を切り、一同の顔を順ぐりに見た。

緑郎の顔から苛立《いらだ》ちと戸惑いが消え、興奮が広がっていった。正人と芳子は真っ青な顔で博士の顔をみつめ返している。

猿田博士は暗く微笑み、

「――プロメテウスの火じゃ！」


飛行機は蘭州の空港に降り立ち、燃料補給した。幸いこの町はまだ中国国民党の勢力下ではなく、調査隊一同に追っ手の心配はなかった。

正人とルイが飛行機から出て、仲良く並び、遠くに何重にも連なる藍色の山を眺め始めた。正人は小声で、猿田博士の話を上海語にしてルイに伝えた。ルイは「えっ、正人が助けたあの男の人、火の鳥を使って兵器を開発するつもりなの……」と顔色を変えた。「絶対に阻止しなきゃ」と正人にすがりつく。正人も「もちろんだ」とうなずく。

そんな二人の背後に、マリアが気配を殺して立っている。こっそり会話に耳を傾け、

「是了《ズーラ》！　やはり調査隊に潜入して正解だった……。まず、火の鳥の力を探しているのが日本軍であり、財閥の後ろ盾もあることがわかった。だから……軍人にして財閥と血縁関係を持つ男、間久部緑郎少佐が楼蘭に〝毎回〟やってきたわけだ」

と青い目を暗くきらめかせた。

「一方、火の鳥の力の利用法には諸説あるようだ。間久部少佐は〝皇軍の士気高揚に使う〟と軍

から聞かされている。猿田博士のほうは〝新兵器の開発に使う〟と主張している。しかしわたしの経験からすると、どちらも真実とはずいぶんちがうようだ……？」

とマリアが首をかしげたとき。

芳子があくび交じりに「おーい、出発だとよ」と呼びにきた。

正人とルイについて歩きだしながら、マリアは首をひねった。「うむ……。このことから推測されるのは、〝間久部少佐も猿田博士も火の鳥の真の利用法を知らされていない〟という可能性だ」とつぶやく。

亜麻色の長い髪を風にたなびかせながら、

「それなら誰がこの件の糸を引いている？　わたしの本当の敵は誰だ？　どうにせよ〝今度こそ〟我が楼蘭王国を守らなくては」


調査隊を乗せた小型飛行機は再び飛び立った。

黄色い冬の花が咲く丘を抜け、目の覚めるような青い滝が水しぶきを上げる谷を通り過ぎ、やがてハミの飛行場に着く。

燃料補給の間、一同はまた飛行機の外に出て束の間の休息をとった。

芳子は、わずかな時間差で同じ飛行場に着いた小型飛行機に気づき、「おや、どうも気になるな」と眉を顰めた。そっと忍び寄り、「どこの便だ。貨物を運んでるってわけでも……」と窓越しに覗こうとしたとき。

とつぜん飛行機の扉が開き、がっちりと大柄で、大きな目と高い鷲鼻《わしばな》をした東洋人の老人が姿を現した。

芳子は老人の顔を見上げるなり、「南無三！」と顔色を変えた。おろおろし、調子のよさそうな作り声で、

「お、おいらは……ただのゴロツキでして……」

老人はゆっくりと首を曲げ、芳子を見下ろした。

懐から拳銃を取りだし、芳子の青白い額にピタリと銃口をつける。腹の底に響くような不吉な声で、

「そうだ、愛新覺羅《あいしんかくら》顯玗《けんし》よ。清王朝の復活という大いなる夢を失ってからの貴殿は、ただのゴロツキにちがいあるまい」

「は、は、はいっ……」

「ここでわしを見たことを誰にも口外するな。私の〝娘婿〟の間久部緑郎にもだ。黙っていれば命だけは助けてやろう」

「もちろんですよう、旦那……」

芳子は震えながらうなずいた。そしてギクシャクとした歩き方で老人が乗る飛行機から離れていった。

青白い横顔に、冬の風が凍えて吹きつける。

ようやく安全と思えるだけ離れると、芳子は足元の小石をコツンと思い切り蹴った。「ただのゴロツキ、か……」とつぶやき、首を振って「ちがうさ。そんなふりをしてるだけ」と真剣につぶやく。

それから顔を上げ、首をひねって、

「しかし、あんな大物がなぜこんな辺境の地に？　わからないことだらけの任務だな……」

冬の空に茜色《あかねいろ》の夕焼けが広がっている。冷たい風が吹きつける。

遠くからマリアが「みなさーん、出発ですよ」と呼んだ。「はいよ」と芳子も小走りになった。

全員が乗りこみ、飛行機はまた飛び立った。

雲を蹴散《けち》らして空高く上がり、太陽を反射してキラリと光った。

その四　死の砂漠

調査隊はウルムチの飛行場で小型飛行機を降りた。

ウルムチは高度千メートルほどの乾いた高地だった。吐く息が白く染まり、体が自然にぶるっと震える。

道の左右に広がる野菜や香辛料のバザールはもう店じまいの時間だったが、ウイグル帽を被って濃い髭を生やした男や、色とりどりのスカーフを巻いた女がまだ行き交っていた。長い睫毛《まつげ》と濡《ぬ》れたような黒い目、つややかな黒髪に浅黒い肌をしたエキゾチックな外見の人々と、白い肌に亜麻色の髪、青い目をした人々が入り交じっている。

ここでは、マリアは現地の住民そのものと見えた。

マリアはウイグル語で商店主たちと交渉し、小麦と米と卵、根菜を買いこんだ。正人とルイが麻袋に入れて担ぐ。次に、バザールの主らしき年配の男をみつけ、何やら交渉し始める。

男が妙に丁寧にマリアに頭を下げてから、なぜか自分の額を叩き、笑いだした。芳子がマリアをつついて「オジイはなにを笑ってんだい？」と聞くと、マリアも微笑んで、

「わたしのウイグル語の発音が、あまりに古い時代のものなので、年長者と話してる気になって

しまった、って」

「なんだい、そりゃ」

と芳子も笑う。そんなマリアの様子を、緑郎は「ふぅむ？」と疑い深い目で観察している。

「マリアは謎の女だぞ。なぜか大昔のウイグル語を話すらしいし、ぼくのこともよく知っているような口を利いていた。一方ゴロツキ・ガールの川島は、そんな彼女をガイドとして連れてきたものの、事情を何も知らんようだな……？」

芳子は、緑郎の疑いを知らず、のんきにマリアと話している。

マリアが笑顔で、

「おじいさんにはこう説明しました。わたしはウイグル族の娘で、上海で働いて家族に仕送りしていた。だが日本軍の侵攻を受け、故郷に逃げてきた。一緒にいるのは上海で所帯を持った漢族（中国の多数民族）の夫とその家族だ、と」

緑郎が「なるほどな」とうなずく。

その隣で、猿田博士が店先の樽《たる》に腰掛け、こっくりこっくり居眠りし始めた。

ルイと正人は離れた場所で荷物番をしていた。正人が「いよいよ砂漠だね、ルイ。調査隊が火の鳥の力をみつけたら、ぼくらは情報と共に重慶に戻り、中国共産党軍に報告しなくてはね……」とつぶやいた。

そのとき、ルイは何者かにぐっと手を引かれ、布地を売る黒いテントの暗闇に引きずりこまれた。

「きゃっ?」

と思わず声を出そうとすると、「シッ」と口を押さえられた。「……青幇《チンパン》の者だ。調査隊が火の鳥の力をみつけたら、我々に合図しろ。全員血祭りに上げる。そして情報を持ち、急ぎ上海に戻る」と囁かれる。ルイが黙ってうなずくと、手をぱっと離された。

ルイはテントから飛びだした。正人が「ルイ?」とキョロキョロし、「いた!」とニッコリする。ルイは「嗯《ンン》……」と、まるで棒で叩かれた犬のような弱々しい表情で正人を見上げた。正人が「どうしたのさ」と心配そうに覗きこむ。

日が翳《かげ》って、高地の乾燥した夜が近づいてきた。

マリアが「ラクダを人数分確保しました。明朝出発します」と言った。

その声に猿田博士がはっと目を覚ました。樽からぴょんと立ちあがり、

「いよいよじゃな。タクラマカン砂漠の幻の湖、ロプノールへ!」


一同はウルムチの宿で一泊した。高地の夜は氷点下の寒さだった。暖炉の周りに輪を作り、荷物を枕代わりに眠る。

夜半、緑郎が何度も寝返りを打ち、「ウーッ……」と呻いた。歯を食いしばり、頭をかく。悪い夢を見ているらしい。

「火が……。熱い。火がくる……!」

とハァハァと荒い息を吐く。

マリアが目を覚まし、音もなく起きあがった。緑郎を観察し始める。と、緑郎が「か……」とつぶやいたかと思うと、目をギロリと見開き、

「――母さん!」

と叫び、マリアの腕を強く摑んだ。

凍える闇の中で、二人の顔が近づいた。緑郎はおどろいてマリアをみつめる。

マリアは「少佐はよくその夢を見るのですね。うなされているのも見飽きました」と冷たい笑みを浮かべた。

緑郎はとっさに身を引き、「貴様、一体何者だ」と睨みつけた。マリアは芳子のほうに身を寄せて寝転がると、「ただのウイグル族の女。いまはあなたの通訳です」と言い、目を閉じた。

闇の奥で、そんなマリアを睨む緑郎の二つの目が、暴力的にギラリと光った。


明け方、一同は目を覚ました。

宿を出ると、外の小路にイタチのような小動物が倒れていた。マリアがひょいと拾い、敏捷に飛んで、宿の屋根に小動物をおいた。

「生きてるなら暖かな日差しで目を覚まします。死んでいたら、鳥が食べてくれるでしょう」

その言葉に、猿田博士が足を止めた。「おやっ、あんたはもしや?」とつぶやき、まじまじと

マリアの顔を見た。マリアは博士に背を向けて歩きだした。

調査隊一同は、ラクダの背に乗り、砂漠へと出発した。

前日、バザールに出店していた幾つかの隊商《キャラバン》が、ラクダの鈴を鳴らしながら調査隊の前後を進んでいた。

冬の朝は凍えるほど寒かった。青と白のタイルで装飾されたモスクの横を抜け、樹氷に包まれた林を通って、やがて砂に覆われた地に着いた。

そこから先は死の砂漠が広がるばかりだった。

昼にかけ、気温がぐんぐん上がった。

隊商が住処の村でつぎつぎ離脱していく。夕刻になると気温が下がった。隊商はすべて姿を消し、砂の海が深まった。もはや生きている者は緑郎たちだけだった。

「一歩一歩、火の鳥に近づいている。もう少しだ。ぼくは、ぼくは……！」

緑郎がラクダの背に揺られながらつぶやいた。

四十キロ近く進んだところで野営となった。芳子とマリアが協力してテントを組み立てる。正人とルイが火を起こし、肉と卵を焼く。小麦粉をこねてパンも作る。

芳子は「ひゅう！　満天の星だぜ」と叫び、冷えこむ砂漠に大の字に寝転んだ。

遮るものが一切なく、藍色の夜空が、三百六十度にわたって広がっている。無数の星がこの世のすべてのダイアモンドを集めたようにきらめいている。

「きれいだぜ！　誰かこいよ」

「ほんとだな」

「ゲッ、大将がきたのかよ」

緑郎が隣に寝転ぶので、芳子は顔をしかめた。でもすぐ屈託のない笑顔になって、

「大将、こんなにきれいだとさ、おいら、永遠に生きていられる気がするよ」

「おかしな不良娘だなぁ」

「ちぇっ、なんだい」

緑郎はニヤニヤしたが、急に真顔になり、

「なぁ川島。ぼくはな、永遠なんていらん！　一度でいい、この世の誰より強い権力ってモンを摑んでみたいのさ。王国の王に、皇国の皇帝に、な……。そしたらいくら早死にしたってかまわないさ」

芳子が不思議そうに緑郎の横顔を見た。緑郎は「おまえにはわからんだろうな。なにしろ生まれながらの皇女さまだ」と苦笑する。

芳子はまた星空を見上げて、

「ウ、ウン……。そんなおいらたちが、日本からも上海からも遠く離れた砂漠で、こうして一緒に星空を見上げてるとは。人生は不思議なもんだな、大将」

二人から少し離れた場所では、マリアが荷物にもたれて座りこんでいた。笛を取りだし、吹き始める。

猿田博士が気持ちよさそうに耳を傾けて、

「美しい音色じゃなぁ」

マリアが演奏をやめ、じっと博士をみつめる。すると博士ははっとし、あわてて目をそらし、

「あ、あんたも、その音色に劣らず眩《まばゆ》いお人じゃ。極めて見目麗しい。瞳《ひとみ》は朝の湖面のように輝いておる……。だから、だから……。あんまりこっちを見んでくれんか！　あんたのような佳人《チアレン》を前にすると、わしは、この醜い鼻や、美というものに縁のなかった己の人生が、ひどく辛くなってしまうんじゃ」

「あなたは醜くなんてありません、博士」

とマリアが驚いて答える。猿田博士は強く首を振って、

「いや、わしは醜い。とてつもなく醜い。なぁマリアさん、わしは今の間久部くんほど若いころ、一人の女に恋をした。だが彼女は他の男のものになった。わしは絶望し、自分には科学があると、研究室にこもった。そしてある日……」

と遠い目をしてつぶやいた。

「火の鳥の未知のホルモンを発見したんじゃ！」

マリアは「あぁ、そうだったのですか……」と絶句した。二人は数秒じっとみつめあった。それからマリアはふと素直な声になり、

「あなたもずっと孤独なのですね、猿田博士……。わたしも同じですよ。わたしには、かつて恋人が、いえ、夫がいました。でも、敵国が攻めてきて戦争になり、死んでしまいました。それは婚礼の夜のことでした……」

「なんと。砂漠の佳人《チアレン》も過酷な運命を生きておるのじゃな！」

「ええ……。夫はわたしの弟でした。名はウルス。優しくて勇敢な、本当にすばらしい人間でした……」

猿田博士は「弟？」と聞き返した。それから合点がいったというようにうなずき、

「それじゃ、やはりあんたは拝火《はいか》教信者なんじゃな。火を信仰する古代教、別名ゾロアスター教では、きょうだい間の婚姻が許されておる。マリアさん、あんたは今朝、死んだ小動物を鳥に食べさせようとしたじゃろう。あれを見てピンときたんじゃ。拝火教には鳥葬の習慣があるからな」

「その通りです、博士」

「古代の信仰だが、ユーラシア大陸の奥地にはまだ残っていると噂に聞いていた。それじゃ、あんたはずいぶん古い由緒ある国の住人なんじゃなぁ」

マリアは無言でうなずいた。それからまた笛を口につけ、そっと吹き始めた。博士はその横顔をこっそりみつめる。

星降る砂漠にたえなる音色が広がっていった。


砂漠を行く過酷な旅は続いた。

朝は砂山が日光で真っ赤に染まった。風が強く吹くたび砂の文様がどんどん変わっていった。

昼は暑く、夕刻とともに極寒となった。タマリスクの木が密生するオアシスや、小さな井戸《カレーズ》で水を補給する。一休みしては、また進む。

疲れのため会話がなくなる。昼も夜もただラクダの鈴がチリーン、チリーン……と響くだけになった。

緑郎だけが、時折ブツブツと「もう少しだ。火の鳥の力を手に入れる……」と独り言を繰り返した。

そして何日経ったか。

「おい！　見ろ。水だ、一面の水だぞ！」

緑郎の声に、一同はラクダを停めた。

遠くにきらめく水面が見えた。正人が「やぁ、きれいだな」と、芳子が「ほんとについたのかい。蜃気楼《しんきろう》じゃないだろうね」と声を上げる。

調査隊一同は、ラクダの背に揺られて湖に近づいていった。

砂漠の真ん中に突如現れた大きな湖だった。砂混じりの白い水が輝いている。水音が気持ちよく響く。サーッと吹く風まで水気を帯びて心地よかった。

だが……。

緑郎が顔色を変え、「生き物はどこだ？　未知のホルモンの影響を受けた植物は？　長寿と噂される動物は？　伝説の火の鳥は？」と叫んだ。

湖の周りにはなぜか植物もあまりなく、鳥や動物の気配もない。

緑郎はラクダの背から飛び降り、

「火の鳥よ！　どこだ！　湖にいるんじゃないのか。ぼくだ。この間久部緑郎が貴様に会いにきたぞ！　どこだ、どこにいるっ！」

と辺りを走り回った。

そこに、ロバに荷車を牽《ひ》かせたウイグル族の男が通りかかった。湖の水をロバに飲ませ始める。緑郎は血走った目でマリアを睨み、拳銃を突きつけて「あの男に話を聞いてこい」と命じた。

するとマリアはなぜか、首元のスカーフを頭に巻き直して顔をしっかり隠した。

ウイグル族の男に質問し、通訳する。

「少佐、この湖はタリム河から流れる水の勢いによって数年ごとに場所が変わるそうです。そのたび、木や草は水底に沈んだり枯れたりしてしまいます。ですが、不思議と湖のそばに新しい木がどんどん茂る。湖には命の源となる強い力があるからだ、と」

「そうだ！　それこそ我々の求める未知のホルモンの力だ。しかし、見たところ……」

「ところが去年、急にその力が消えました。植物もあまり茂らなくなり、ロプノールは突如としてごく普通の湖になった。湖畔にある〝年を取らない都〟からも人々が煙のように消え、廃墟になり……」

「な、なにっ？　年を取らないだと？」

「はい少佐。湖畔に楼蘭という王国があり、民は何百年も年を取らなかった、と言っています」

「どういうことだ？　楼蘭は十六世紀初めに滅びたはずだぞ！」

と緑郎が目をぎらつかせた。

そのとき湖からふわっと風が吹き、マリアのスカーフを空に飛ばした。正人が追いかけ、拾ってやる。

露わになったマリアの顔を見るなり、ウイグル族の男が甲高い声を上げた。湖を指差し、つぎにマリアを指差し、叫んでいる。「な、なんと言ってる！」と緑郎が聞くが、マリアはスカーフを巻き直しながら「さぁ、聞き取れません。なんでしょうか」と首を振った。

男はマリアを気にして何度も振り返りながら、ロバとともに遠ざかっていった。


日が暮れるギリギリまで、調査隊は湖の周りを歩いて調べ回った。だがごく普通の植物が少し生えているだけで、伝説の鳥どころかネズミ一匹みつからない。

反対側の湖畔に楼蘭らしき廃墟群があった。土色の日干しレンガで作られた四角い建築物が並んでいる。家も広場も道路も砂混じりの風にさらされ、半ば埋まっていた。数ヶ月前まで人が住んでいたとは信じられないほど荒れ放題だった。

日が翳り、砂漠の夜がまた近づいてくる。

緑郎はテントに潜りこみ、眠ってしまった。正人とルイも疲れ切り、荷物をおいて座りこんだ。

マリアが「食事を作ります」とつぶやき、火を起こし始めた。

芳子が猿田博士に膝枕を借り、寝始めた。「砂漠でこんなご馳走《ちそう》が出るとはうれしいねぇ……」

と無邪気な寝言を言っていたが、急にハッと起きあがり、

「待て。何か臭うぜ」

と真剣な顔でつぶやいた。

足音を忍ばせ、マリアの背後に忍び寄る。芳子の動きに気づき、ルイも後を追った。

二人で覗くと、マリアは米を煮る鍋に、ガラス瓶に詰めた白い液体を垂らしているところだった。

ルイが鼻を蠢《うごめ》かせ、ハッと顔色を変えて、

「あれはミフクラギの樹液です。殺鼠剤として使われる猛毒！　あの料理を食べたら、ボクたち全員あの世行きです」

芳子が「そうか」とうなずいた。懐から小型拳銃を取りだすと、ルイが止めるまもなく、マリアの手元のガラス瓶を狙って引き金を引いた。

パーンと銃声が響き、弾は大きくそれて、居眠りしていた猿田博士の髭をかすめた。博士が「ぎゃっ」と飛びあがり、荷物の陰に隠れた。

マリアが立ちあがりながら振りむく。

青い目が暗く輝き、亜麻色の長い髪が砂混じりの風にたなびく。腰に下げた武闘笛に手をやる。

ルイが「皇女さま、下がって！」と進みでた。背中に腕を伸ばし、音を立てて飾り刀を引き抜き、

「マリア、貴様は何者だ！　なぜボクたちを毒殺しようとする？」

「ルイ、あなたこそ正体不明の男ですね。その戦闘力、ただの京劇役者とは到底思えませんが」

二人は睨みあった。

と、マリアが地面を蹴って飛んだ。ルイのすぐそばに着地し、笛を突きだしてルイの喉を狙う。ルイは間一髪避け、軽々とジャンプした。マリアを飛び越え、背後から脳天に刀を振り下ろした。マリアはぐんっと背中を反らせて避け、地面に両手をついて、逆立ちした。ひょいと起きあがり、笛でルイを叩こうとする。

ルイは「ハァ！」と跳躍し、日干しレンガでできた廃墟の屋根に鳥のように身軽に飛び乗った。

マリアも「エイッ！」と夜空に飛びあがって追う。

テントから出てきた緑郎が、屋根を見上げて「一体何事だ」と言う。芳子の説明を聞くと、顔を歪《ゆが》め、鍋とガラス瓶を確認する。そしてもう一度屋根を見上げたときは、憤怒で表情が変わり、

「マリアめ！　この間久部緑郎がスパイを許すと思うか」

その言葉に、傍の正人がぶるぶると震えた。

屋根の上では、マリアがルイの上に覆いかぶさっていた。喉に突き刺さんと武闘笛を振りあげる。芳子が「ルイくん、危ない！」と叫び、ピストルを握って、屋根に銃口を向けた。緑郎が「貸せ、不良娘。おまえじゃ当たらん」と鼻を鳴らし、ピストルを奪う。

ビシリと狙いを定め、いきなり撃つ。

マリアが「うっ」と呻き、屋根からゴロゴロと転がり落ちてきた。正人が走り寄って両腕で受け止める。マリアは右肩から血を流し、震えていた。

ルイも屋根から下りてきた。全員でマリアを囲み、顔を見合わせる。

緑郎は「女め。はたしてどこのスパイだ。中国共産党か、ソビエト連邦か。あるいは我が国と同盟を結んでいない欧州の帝国かもしれんな」とつぶやいた。

それから慣れた様子で、

「殺す前に吐かせよう。よし、拷問だ！」

正人が驚いて「ダメだよ！」と止めた。すると緑郎はいきなり正人に平手打ちをくらわせた。

「これは戦争だ！　プロ、プラ、プレ……がどうとかいう奴は口を閉じていろ！　川島、正人を見張れ。そこの中国人は飯でも作ってろ」


月光も凍る夜のタクラマカン砂漠に、マリアの悲鳴が「ギャーッ」と響き渡る。

楼蘭の廃墟中央の広場に、マリアは縛られて横たえられている。緑郎がナイフを握り、「吐け！どこの国に雇われた？　目的は何だ！」と怒鳴っている。

正人が芳子に押さえつけられながら「兄さん、もうやめてくれ……」と訴える。その横でルイは黙々と小麦粉と水をこねている。

「ギャァァーッ」

「間久部くん。頼む、やめてくれ。とても見ちゃおられん……」

と、猿田博士も目に涙を溜め、止めに入った。すると緑郎は血のついたナイフを握りしめたま

ま、真っ赤に充血した目で振り返り、

「フン、科学者風情は黙っていろ。それとも敵の女を庇うのか」

「な、なにを……」

「ここは戦場だ！　貴様ほんとにわかってるのか！」

緑郎は両腕を振りあげ、怒鳴った。

「猿田博士、あなたは火の鳥の力で新エネルギー源を確保し、来たるべき世界戦争に向けて大量殺戮《さつりく》兵器を開発しようとしてるんじゃないのか。その超兵器の威力で命を落とすのは敵国の兵隊やスパイだけじゃない。民間人も含めた数十万人が予想されるんだぞ。アーハハハ！　それでこそ我が日本の最終兵器だ！　それなのに、開発者のあなたが、裏切り者の女一人の血に情けない悲鳴を上げるとは……。心を入れ替え、軍人を見習え！」

「そ、そうとも。わしは科学者じゃ。だから……こういうものも持っておる！」

と猿田博士が震える手で真紅の薬瓶を差しだした。「満州国の大陸科学院で開発された強力な自白剤じゃ。まだ実験段階じゃが」と言い、マリアのそばに膝をつく。

「なぁ、マリアさん。あんたにはきっと、あんたなりの訳があり、我々の命を狙い、今もそうして沈黙を貫いておるのじゃろう。わしは不思議なほど、怒る気になれず、それどころかあんたの意志を尊重してやりたい気さえする。だが、もう見ておられん……」

と言い、目尻に涙を滲ませる。震える手で注射器に薬を入れ、マリアの腕に針を刺す。

氷のような風が吹いた。

雲が流れて月明かりが薄くなり、時が消え去るほど濃い闇が、ゆっくりと砂漠を覆い尽くしていった。

背中から氷の柱になりそうな寒さと、まるで宇宙空間にいるような重たい暗闇。マリアの呻き声だけが響く。

やがて、弱々しい声で語り始めた。

「わたしは王女マリア。楼蘭の王ザムヤードの長女です……。今から四四三年前、この地で生まれました……」

三章　楼蘭

一五一三年三月

その一　ゾロアスターの神の鳥

今をさること四二五年前。わたし、楼蘭王の娘マリアは十八歳に、弟ウルスは十六歳になりました。

二人が夫婦となり、ウルスが王位を継ぐことが、正式に決まりました。この年、楼蘭では大掛かりな式典が催されることになりました。ウルスは戦士としてもすでに名を成しており、式典は国を挙げての祝賀行事になる予定でした。

楼蘭王国はまさに栄華を極めていました。西から東から、荷物を積んだ隊商《キャラバン》が旅するシルクロード。我が楼蘭こそ、その物流の拠点でした。商人に水や食糧、寝床を提供する他、商品を売買する大バザールも主催していました。そのせいで、明（中国の大国）が楼蘭を狙っているという噂がありましたが、実際に敵軍が現れることなどなく、日々は平和なものでした。

王国に寄り添うロプノールは、不思議な湖でした。タリム河の流れによってときどき場所を移すのですが、楼蘭からそう遠くに離れることはなく、おかげでずっと豊かな暮らしを送れたのです。

さて、婚礼の式典を明日に控えた夜のこと。これがすべての発端であるのですが、わたしはウルスとつまらないことで口喧嘩をしました。弟が剣仲間の青年ワナントと親しげに話し、ふざけて剣をぶつけあうのを見て、やきもちを焼いたのです。ちょっとした言い合いのはずが、お互い引かず、大喧嘩になり、ワナントが間に入って止めたほどでした。結局どちらも謝らず、相手につまらない怒りを抱いたまま翌日を迎えてしまいました。

式典は素晴らしく豪華でした。拝火教の神殿に赤々と松明《たいまつ》が燃えていました。王宮の庭は、火でできた花、炎のカーテン、星のように飛び散る火など、燃えて動く火の芸術で溢《あふ》れていました。シルクロードの東西からやってきたご馳走、酒、果物が所狭しと並び、きらびやかな衣装を着た踊り子が舞い踊っています。その間にも、音を立てて城門が開いては、様々な民族の隊商《キャラバン》の列が入ってきます。ラクダの背に載せた贈り物を、玉座に座るウルスとわたしに捧げるために。豪華な絨毯、玉、香辛料、酒……。玉座の前には貢物《みつぎもの》が山と積まれました。

夜になり、炎はますます赤々と燃え盛りました。また城門が開き、見慣れない風貌の隊商がぞろぞろ入ってきました。わたしは、おやっと思いました。彼らが引いてきた、高さ十メートルほどもある木彫りのラクダに目を奪われました。

警備の兵士が、これは何だ、と見咎めましたが、ウルスは「面白い。受け取っておけ」とほろ酔い機嫌でうなずきました。木彫りのラクダは貢物の山の横に置かれ、城門が音を立てて閉まりました。式典は続きました。

やがて夜も更け、楼蘭の民は、わたしたち王家の人間も含め、みんな酔っ払ってしまいました。うとうと眠っていたわたしは、ウルスに揺り起こされ、目を覚ましました。

「姉さん、隠れろ。——敵軍だ！」

「な、なっ……」

わたしはびっくりして、声も出せず、弟の大きな青い目を見返すばかりでした。「木彫りのラクダの中に明の兵士が隠れていた。内側から城門を開けられた！」あわてて見回すと、広場には黒髪に黒い目をした明の兵士たちがおり、異国の長い剣を振り回していました。悲鳴と血の臭いが溢れています。遠目に、踊り子の少女が剣で刺し貫かれて絶命するのが見えました。

わたしは「あ、あっ……」と立ちあがれず、思わず貢物の山にある絨毯の下に隠れようとしました。ウルスが「姉さん、略奪されるものに隠れるな！」とわたしを引きずりだし、「戦の後、誰もこんなもんは食わんからな」と果物の山の奥に押しこみました。

果物の隙間から、ウルスの青い目と亜麻色の長い髪が見えました。「生きてたら助けにくる。こなかったら、この果物が全部腐るまで絶対に外に出るな」「ウルス……」弟は踵《きびす》を返し、風のように遠ざかっていきました。剣と剣がぶつかる音、炎が風に揺れる音、血の臭い……。

やがて夜が明け、争いの音はなくなり、代わりに、聞いたことのない言語で話す男たちの声、足音、馬の蹄《ひづめ》の音、辺りの物を動かす気配がひっきりなしにありました。日が暮れて、また夜がきて……。果物は傷んで甘い匂いを発し、べたつく汁を出し始めました。

そしてつぎの夜。明の兵士たちの気配がなくなりました。わたしは果物の下から這いだしました。

王宮も神殿も壊されていました。松明の火は消え、月光だけが頼りでした。貢物は、果物と木彫りのラクダを残し、略奪されていました。歩き回ると、楼蘭の兵士や民が倒れていました。

楼蘭王国は一夜にして滅んだのです。

わたしは弟のウルス王子を、父のザムヤード国王を、母のアナーヒタ王妃を探しました。

ウルスは剣を握ったまま倒れていました。すぐそばで剣仲間ワナントも絶命していました。父と母は王宮の奥の間で折り重なって倒れていました。

わたしは廃墟となった王国をさまよいました。

それから城門を出て、ロプノールに行きました。湖畔で髪と体を洗い、出てきて、もうすることもなく、月を見上げました。

子供のころから弟が好きでした。

ウルスを尊敬していました。わたしは体が弱く、王宮の小部屋や人気のない湖畔で、一人笛を吹いたり編み物をするばかりでしたが、弟は強くて、優しく、人望もあった。いつもいちばん頼りになる人だった。

「あなたなんかきらい！　昔からきらいだった！」

思いと逆の言葉を、やきもちから叫んでしまったあのとき。ウルスはびっくりし、青い目を見開いてわたしを見ました。それから傷ついたように唇を噛んでうつむいた。「ウルスなんかと結婚したくない！」って、なんてつまらない喧嘩をしたんだろう。

ようやく涙が出ました。

明日があると思うから、大事な人と、平気で喧嘩できたんだ。こんなことになるとわかってたらぜったいにぜったいに言わなかったのに。

わたしは立ちあがり、とぼとぼと城門をくぐって、神殿に戻りました。

破壊され、炎もすべて消えたはずの神殿に、なぜか一つだけ赤々と松明がついていました。

わたしはおどろき、ゆっくり近づきました。

松明と見えたものは――鳥でした。

燃え盛る体を持つ、大きな美しい鳥。折れた支柱の上にとまり、羽を広げてこちらを見ています。

鳥がわたしに聞きました。何があったのか、と。


燃える鳥をわたしが目撃したのは、じつはこのときが三回目でした。二年前と、半年前にも、ロプノールの人気のない湖畔で出会いました。鳥は朝日の中から光りながら飛んできて、水浴びしたり、羽を休めたり、わたしの笛の音に耳を傾けたりしました。我々にとって火は神聖なものです。だから、きっと神の鳥だとわたしは思いました。

鳥はいかなる力を使ってか、わたしの心に直接話しかけてきました。問われるまま、楼蘭についてや、自分が王女であることを話しました。鳥も、少し話してくれました。少し前まで東方の島国にいたが、ゆっくり休める場所を探してここまで飛んできた、と……。

そしてこの夜、わたしは再び出会った神の鳥に、楼蘭が一夜にして滅びたことを話しました。

鳥は心から同情してくれました。わたしはつい、ウルスとつまらない喧嘩をしたことまで話しました。

すると鳥が不思議なことを言いだしました。

楼蘭王国が滅びるという歴史を変えることは、できないけれど、歴史に関わらない小さなことなら、自分の力で少しだけ変えられる。婚礼前日を一回だけやりなおさせてあげるから、悔いのない最後の一日をお過ごしなさい、と……。

その方法とは、じつに不思議なものでした。

鳥は、自分の首を切り落とし、ウリと葡萄と柳の葉で包むようにと命じたのです。わたしは言われるまま、ウルスの重たい剣をみつけて持ちあげ、こわごわ、鳥の首に振り下ろしました。そしてしっとりした首をたっぷりの葉っぱでくるみ、祭壇に供えました。

神殿を出ると、何もかもが変わっていました。

滅びたはずの楼蘭王国が、再び存在していたのです。

色とりどりの服を着て行き交う人、湖から引いた水路を流れる砂混じりの白い水、笑い声。そして、明日に控えた式典のために立ち働く人々……。わたしは婚礼前日の朝に戻っていました。

足をもつれさせ、走り、王宮の中庭に行きました。「ウルス！　ウルス！　どこ？」と何度も名前を呼びました。木漏れ日の向こうから、剣と剣がぶつかる音と青年の笑い声が響いています。

「ウルス！」と飛びだすと、ウルスと剣仲間ワナントがびっくりして、

「マリア？　どうしたんだよ。おまえが走ってるところ初めて見た」

わたしは、生きている弟を前にし、へなへなと座りこんで「あぁ！」と言いました。二人が笑い、剣をおいて近づいてきました。「いよいよ明日ですね、王女さま」「マリア、こいつも近々結婚するんだって。幼なじみのミスラとさ」と早口で話す二人に加わって、わたしもお喋りしました。

時が巻き戻り、ウルスと取り返しのつかない喧嘩をした過去が、消えていきました。わたしは名残り惜しい楼蘭最後の一日をゆっくり過ごしました。親しい人の顔を見、声を聞き、素晴らしい王宮、栄える町、民の暮らしなどの風景を見て、その中にいる自分を感じました。やがて砂漠の夜が近づいてきます。わたしは神の鳥との約束通り神殿に向かいました。

暗い神殿に入り、松明の火をつけました。祭壇においた鳥の首をそっと持ちあげます。神の鳥とわたしは、こう約束していました。一日が終わったら、燃え盛る火に首をくべる、と。すると炎の中から鳥が復活し、もとの時間軸に……つまり王国が滅亡した後の世界に戻るのだそうです。

わたしは松明に鳥の首を投げこみました。炎の中から左右に広がる翼が見え、長い首がもたげられました。眩《まぶ》しい火の粉を撒《ま》き散らし、神々しい炎の鳥が姿を現しました。そして光りながら天井を飛び回り始めました。

やがて降下し、わたしに近づいてきました。じっとわたしの目を見て、声を発します。どんな一日を過ごしたかと優しい声で問われました。わたしは弟と仲直りできたこと、素晴らしい一日を過ごせたことを話し、感謝の気持ちを伝えました。鳥がうなずき、また何か言おうとしました。

その瞬間、わたしは、隠し持っていた剣を振りあげました。右から横に振り払い、鳥の首を思いっきりかき切りました。首は弧を描いて飛び、神殿の床に落ち、遠くまで滑っていきました。

わたしは駆けて、首を拾うと、震えながら葉っぱにしっかり包みました。祭壇に戻ろうとしますが、足が萎《な》えて転び続け、とても歩けません。無様に這って進み、ようやく祭壇につくと、首をまた捧げました。

立ちあがり、よろめきながら神殿を出ました。

すると……。

そこには婚礼前日の朝の楼蘭が広がっていました。わたしは一心不乱に駆け、王宮の中庭へ。剣と剣がぶつかる音と、青年の笑い声。「ウルス！　ウルス！　どこ？」「マリア？　どうしたんだよ」と弟が振りむきます。

わたしはその胸に飛びこみ、しゃくりあげて、

「――あ、あなたに逢いたくて。また逢いたくて……」

わたしは、聖なる神の鳥を裏切り、この世の理《ことわり》の外側に出てしまいました。神の火を盗んだ罪人になったのです。

その日から、楼蘭は婚礼前日の一日を繰り返すようになりました。夜寝ても、朝起きると、また前日になっています。わたしは婚礼を控えた十八歳の乙女のまま、何日も、何年も、楼蘭王国という永久機関に籠り続けました。

外の世界に出ることも、神の鳥を復活させて裏切りを謝ることも、わたしはしませんでした。ときどき緑栄えるロプノールの湖畔に行き、近くの集落の人に会い、外の世界のことを聞きました。そのうち鉄でできた車や空を飛ぶ鉄の鳥などを目撃し、わたしは外の世界の変化を察しました。

ある日のこと。わたしは木の枝と鳥の羽根で作ったおもちゃの鳥を飛ばし、子供たちと遊んでいました。遠くまで飛びすぎ、神殿に入ってしまったので、「取ってくるわ」と神殿に入りました。

すると見慣れない服装をした大柄な男がいました。黒い短髪に黒い目をし、明の兵士と似た風貌でした。

同じ一日を延々繰り返すせいで、わたしは王国のすべての民の顔を覚えていました。でもこんな男には見覚えがありません。「誰！」と問うと、男は振りむき、右手を腰にやりました。黒い筒状の未知の武器を握り、わたしに向けました。

パーン、と乾いた音がし、左脇に熱い激痛が走りました。わたしは悲鳴を上げました。男は祭壇から神の鳥の首を下ろして、腕に抱え、急いで走りだしました。

「待ちなさい！」

わたしもよろめいて追いかけます。男が何か怒鳴ります。それは聞き覚えのない言語でした。わたしたちは神殿を出て、城門へ。「待ちなさい……」そして門から外へ。男がラクダに飛び乗って去っていきます。

砂漠は灼熱で、遠くにどこかのオアシスの蜃気楼が揺れていました。わたしは脇から血を流しながら男を追いました。「待って……」背後から風が吹いて粉塵《ふんじん》が飛んできました。振りむくと……。

楼蘭王国が消えていくところでした。

わたしはあわてて城門から戻ろうとしました。目の前で、色とりどりの服を着た民も、婚礼の支度に華やぐ広場のあれこれも、消えました。風がやんだときには、王国は古い遺跡に変わり果てていました。

「しまった！　神の鳥の首を、取られたから……」

わたしは遺跡を歩き回りました。それからロプノールの湖畔に行き、ぼんやり座りこみました。

遠い昔、明の兵士たちに滅ぼされたあのときのように。

やがて近くの集落の人に保護され、傷の手当てをしてもらいました。わたしの話す言葉は大昔のウイグル語なので驚かれました。傷が癒えると、わたしは何度も楼蘭の遺跡を訪ねました。でももう何もありません。やがてあきらめ、生きていくために都市を目指しました。

成都に落ち着くと、現地の中国語を覚え、食堂で働くようになりました。

このとき、一九〇四年でした。外の世界では、楼蘭が滅ぼされた日からもう四百年近くが過ぎていたのです。

わたしは町になじめず、親しい人も作れず、夜になると楼蘭を思いだして泣いてばかりでした。十年経ち、二十八歳になりました。鏡を見るとずいぶん顔つきが変わっていました。目に光がなく、皮膚に苦労が刻まれ、見る影もない。このまま年を取って一人で死んでいくのだと思いました。

食堂の客の会話によると、この年、たくさんの国が参戦する〝世界大戦〟なるものが起こったそうです。でもわたしには何のことだかわかりませんでした。

数年後、今度は北のほうの大きな国で、王族支配を終わらせる〝革命〟という民衆蜂起が起こったと聞きました。でも指導者のレーニンという男が東洋人に殺されたらしい、と。わたしには遠く関わりのない出来事でしたが……。

そのしばらく後。

山と積まれた食器を黙々と洗っているとき、とつぜん草原にいるような突風が吹き荒れました。わたしは倒れ、気を失いました。

意識を取り戻したときには、ありえない場所に戻っていました。

婚礼前日の楼蘭王国です。

わたしの顔も、十八歳に戻っていました。

なぜか再び繰り返されるようになった、楼蘭の永遠の一日。でもわたしの心は無邪気な少女ではなく、外の世界で暮らしていた大人のものでした。ウルスはわたしの表情に陰があると見抜き、心配してくれました。

わたしは、王国を守りたい、もう二度と失いたくないと、より強く願い始めました。

王宮の中庭でウルスたちと話したり、両親の顔を見たり、親しい少女のアタルやヴァーユと遊んだりしながらも、わたしは神殿に現れた謎の男のことが気になっていました。彼がなぜ神の鳥の首のことを知っていたのかはわからないけれど……。一日何度も神殿に足を運んで、男がいないことを確認しました。

ある日、男が再び神殿に現れました！

男はまっすぐ祭壇に進み、鳥の首を掴みました。

わたしは叫び声を上げました。と、声を聞きつけ、ウルスの剣仲間ワナントが飛びこんできました。「貴様は誰だ！　我らの王女に何をする！」と剣を振りかぶり、床を蹴って飛び、男の脳天に突き刺そうとしました。

男は間一髪で避けました。左腕を突き刺されて大声を上げます。腰から筒状をした鉄の武器を取り、剣仲間に向けました。パーン、と高い音が響き、ワナントはどさりと倒れました。

わたしは駆け寄りました。ワナントの胸に小さな穴があき、絶命していました。男が鳥の首を抱えて走りだします。わたしも「待ちなさい！」と後を追います。

そこからは、前とほとんど同じでした。

男はラクダに乗って逃げていきました。血が点々と落ちています。砂漠は寒々と凍り、砂が夕日に黄色く染まっていました。わたしの背後で、楼蘭王国がまた風に吹かれて消えていきました。今度は、わたしはすぐ男を追いました。血の跡をたどって走り、男が滞在した数日後、オアシスや集落に追いつくことを繰り返しました。でも都会に近づくと、男が自動車という鉄の乗り物に乗り換えてしまい、追いつけなくなりました。途方に暮れていたら、町の人があることを教えてくれました。

「あの男は〝日本人〟だぜ」と。

わたしはそれまで楼蘭王国と、十三年暮らした成都の町の一角以外のことは、何も知りませんでした。生まれて初めて世界地図なるものを見、自分が今いる場所を知りました。ユーラシア大陸の大きさ、地球が巨大な球体で、東に進み続けるといつか西に到着すること……そんな目眩《めまい》がするような魔的な知識を、一気に手に入れました。

そして、神の鳥の首を奪った男が〝日本〟という海の向こうの島国からきたことも。

理由はわかりませんが、このとき外の世界は一九一五年になっていました。二回目の今回は、前に楼蘭が消えたときより十年以上先の世界にたどり着いていたのです。

一回目の世界のときと同じ〝世界大戦〟が、もう始まっていました。しばらくすると、北のロシア帝国でまた〝革命〟も起きました。指導者のレーニンとスターリンがいる建物に日本軍のものらしき謎の戦車が突っ込み、二人が辛くも脱出したという噂も聞きました。おや、一回目の世界とちがう、レーニンは確か東洋人に殺されたはずなのに、とわたしは首をひねりましたが、よくはわかりませんでした。

わたしはというと、謎の男を追い、町から町へ旅を続けていました。中国の東北地方を二年間さまよいました。

そしてある朝……。とつぜん草原に吹くような突風が吹き荒れ、路上になぎ倒され、気を失い……。

再び目を覚ましたときは、また……婚礼前日の楼蘭王国に戻っていたのです。


ウルスや両親、親しい人たち。砂の中から再び現れた死者……。わたしは復活した楼蘭で永遠の一日を繰り返しつつ、今度はもう油断しませんでした。わたしにはわかっていたのです。あの男、正体不明の日本人が、神の鳥の首を狙ってまたやってくることが。

わたしは毎朝、剣仲間ワナントに「神殿近くで不審な男を見かけた」と告げ、兵士に警備させるよう計らいました。そのおかげか、何事もなく日々が過ぎていきました。でもある夜。日が暮れて月が光り、もう一日が終わるというとき。一人で笛を吹いていると、あの男が居眠りをする見張りの兵士をまたぎ、神殿に入っていく姿が見えました。

「站住《チャンチュ》（待ちなさい）！」

と、北京語で叫び、神殿に飛びこみました。男は日本訛《なま》りなのか、聞き取りづらい北京語で「誰《シヨイ》？　你会北京話《ニーホイペイチンホワ》（なぜ北京語を話せる）？」と聞きました。

「まず名を名乗って。わたしは楼蘭王国の王女マリアです。あなたは日本人ね？」

「お、俺は、犬山だ。御神体をもらっていくぞ」

　神の鳥の首を掴み、大股で歩いてきます。「それが何か知ってるの？」「いや。俺は上官からの命令通り動いているだけだ」「上官って何？　なぜ何回も楼蘭にくるの？」そう問うと、犬山と名乗った男は怪訝な顔でわたしを見下ろし、

「何のことだ？　この国にきたのは今日が初めてだぞ」

「嘘だわ！　これはもう三度目よ。一度目ではわたしを撃った。二度目では怪我をし、血を流しながら逃げたわ」

「ハァ……？　いいからどけっ！」

　犬山はわたしを突き飛ばし、鳥の首を抱えて逃げていきました。わたしは叫びながら男を追いました。城門をくぐり、犬山を乗せたラクダの後を走り……。背後でまた風が吹き、楼蘭王国が廃墟になって……。

　わたしは逃げた犬山の消息を追って旅をしました。でも、相手が日本人で、名を犬山というだけでは、到底みつけることは叶《かな》いませんでした。

　三回目の外の世界は、一九一七年。またもや〝世界大戦〟の最中でした。でも奇妙なことが一つありました。

　今度は指導者のレーニンとスターリンがいつまでたっても襲われなかった。そしてロシアに革命政府〝ソビエト連邦〟ができ、レーニンは政府の指導者となったのです。

そう……歴史が毎回変わっているようなのです。

なぜ？

相変わらず、わたしには何もわかりませんでした。

わたしは中国の東北地方をさまよったあげく、長春という町で働き始めました。いつかまた草原のような強い風が吹き、楼蘭に戻るだろうと思っていたのに、今回はいつまでたってもあの風が吹きません。もう二度と楼蘭に帰ることも、十八歳に戻ることもないのだと、わたしは次第に覚悟しました。

満州族の男性に見初められ、所帯を持ちました。貧しいながらも、家族が食べていくことはできました。

長男が生まれ、ウルスと名付けました。長女と次男には、両親の名アナーヒタとザムヤードを。三男には弟の剣仲間の名ワナント、次女には彼の恋人の名ミスラを。三女四女には親しかった友の名アタルとヴァーユを……。わたしは、失った楼蘭王国の民を蘇らせるように、子供に名をつけ続けました。長い永遠の中で民と親しく話すうち、全員の名を覚えましたから、できれば全部の名をつけたかった。

そして二十一年の月日が流れ、一九三八年になりました。わたしは三十九歳、夫は六十歳。長男のウルスは、弟のウルスとよく似たしっかり者で、いつも家族の支えになってくれました。

やがてウルスが所帯を持つことになりました。わたしにも近々孫ができるかもしれない、と心おだやかに過ごしていたある朝。

とつぜん、草原に吹き荒れるような突風が、わたしの体をなぎ倒したのです。

わたしは床に倒れ、気を失いました。

そして頭痛と吐き気とともに目を覚ますと、なつかしい楼蘭王国に戻っていて……十八歳の姿で……。王宮の中庭には十六歳の弟のウルスがいて……。

時が、時が、戻った！

夢にまで見た故郷、楼蘭に、ついに帰れた！

でも、でも……それでは……？　三回目の外の世界においてきた息子のウルスはどこにいるの？　夫は？　アナーヒタとザムヤード、ワナントにミスラ、アタル、ヴァーユ……わたしの家族はどこに行ったの？　何も、何も、わかりません……。

わたしは城門を飛びだしました。家族の無事を確認せねば！　息子の名を叫び、砂漠を走りだしました。

「ウルス！　ウルス！　どこーっ？」


わたしは楼蘭王国を飛びだし、中国東北地方の長春を目指しました。一九一六年から一九三八年まで二十二年の年月を暮らしたはずの町です。

旅の途中で確認すると、この四回目の世界における今は、一九三一年とのことでした。どうやら、楼蘭王国が再び現れるたび、外の世界の時間は少し進むようです。なぜかはわたしにはわかりません。

ようやく長春に着き、我が家を目指しました。でもそこには別の家族が長く住んでいるとのことでした。子供たちが通う学校にも行きましたが、そんな子たちはいないと言われました。子供や夫の名を呼び、歩き続け、わたしは疲れ果てました。それから夫の職場へ。確かにその人が働いていると聞き、住所をもとに、彼の家を訪ねました。

すると、夫だった人は別の女性と所帯を持ち、別の子供たちと幸せに暮らしていました。今の彼にとって、わたしは見覚えのない十八歳の女です。ひどく不審がられ、わたしは急いでその家を後にしました。

長春の町角で物乞いをし、毎日「ウルス、アナーヒタ……ザムヤード、ワナント……ミスラ……アタル……ヴァーユ……」と子供たちを探し回りました。

時間が巻き戻り、歴史が変わり、わたしの子供たちは生まれていない……世界に存在していない……そんなことを受け入れられる人間がいるでしょうか？

そうして一カ月ほどが経った九月十八日のこと。とつぜん町の様子が変わりました。日本の軍隊が押し寄せてまたたくまに長春を制圧してしまったのです。

〝九・一八（満州事変）〟です。

一つ前の……三回目の世界では、こんなことは起こりませんでした。七年後の一九三八年までみんな平和に暮らしていたのに……？

やはり、毎回歴史が変わっているのです。

わたしは戦時下となった長春を抜けだし、旅をして楼蘭王国に帰りました。王国は、わたしが留守の間も同じ日を繰り返していました。そういうわけで、もとの永遠の一日の輪にわたしは戻ったのです。

でも……今度はちっとも幸福ではありませんでした。

外の世界でささやかな家庭を作り、年を取る経験をした後では、ここは、ここは……過去の死者の都でした。

わたしは悲しみ、落ちこむあまり、また弟のウルスと喧嘩してしまう日までありました。

いつかまた犬山がきたら、今度こそ捕まえて謎を解こうと決意しました。でも、外の世界で長い時が経ったということは、犬山も年を取ったのだろうか。それなら日本人の年配男性を警戒するべきか……？

ある日。

一人で湖畔にいると、一頭のラクダが近づいてきました。よく見ると、ぐったりとして意識のない若い男を背に乗せています。黒髪をした漢族風の男でした。

追い剝ぎにあったらしく、荷物もなく、怪我までしています。うなされてもがき苦しみ、わたしにはわからない言語で何か呻いています。

失った長男ウルスと同じ年頃の若者なので、わたしはすっかり同情し、王宮に運びこんで手当てをしてやりました。

夜になるころ、男は意識を取り戻しました。外国語訛りの北京語で、

「ぼくは楼蘭に行かなくてはいけない！　食糧を貸してくれ」

「ここが楼蘭。あなたの目指す町ですよ」

そう答えると、男ははっと息を呑み、辺りを見回しました。男は華やかな顔立ちの美男子でしたが、そのときふと、抜け目のない悪い表情がよぎったようでした。

わたしが席を外したわずかな隙に、男は王宮から逃げだしました。わけがわからず、男を探しました。すると男は神殿から走りでてくるところでした。手にはなんと神の鳥の首を握っています。

何なの？　あなたは、誰……？

わたしは、犬山がきたときと同じように、必死で男を追いました。男は我々のラクダを盗み、砂漠を一目散に逃げていきました。わたしも走ります。背後でまたもや楼蘭王国が砂の中に消えていき……。

わたしは外の世界に……外の四回目の世界にまた行くことになりました。

わたしが王国にもどってから、外では三年の月日が過ぎており、外の世界は一九三四年にまで進んでいました。わたしは吸い寄せられるように、三回目のとき家族とともに暮らした長春をまた訪れました。すると中国東北地方一帯は日本の軍隊である關東軍に支配される〝満州国〟となっていました。

やはり歴史は変わり続けているようです。……おそらく、日本に有利なように。

以前犬山が楼蘭にやってきたとき、「上官の命令できた」と嘯いていました。ということは、神の鳥の首を繰り返し盗んでいるのは日本の軍隊なのでしょうか。鳥の首を利用し、何らかの方法で時間を支配しているのか？　そしてあの若い男は、犬山と同じ軍人か……？

わたしは満州国をさまよい、若い男と關東軍についての情報を探しました。今度は生活のためでなく、スパイするための日々となりました。

でも、わずか二年後。また草原のような風が吹き、なぎ倒され、再び楼蘭王国に戻ることになりました。

過去の死者の都。終わらない地獄。それでもなつかしく愛しい、ただ一人の弟ウルスがいる場所へ……。

かつて乙女だったわたしは、時を経て別人のように変化していました。嘆き悲しみ、不機嫌に振る舞って、時を無駄にすることはもうしませんでした。

わたしには敵がいる。だから、戦士になると誓ったのです。

ウルスと剣仲間のワナントに頼み、戦い方を教えてもらいました。鉄の剣は重すぎるので、鉄製の笛を武器とし、研鑽《けんさん》を積みました。なにしろわたしには永遠の一日があったので、最初はもたもたしていたものの、確実に上達していきました。

そしてある日。ようやく敵が……あの若い日本人の男が、再び現れたのです。

「不許動《プーシュイトン》（動かないで）！　あなたの部下を殺すわ！」

今回、男はどうやら部下らしき女性的な線の細い青年と二人でやってきました。神殿で、わたしは部下の首に腕を巻きつけ、刃物を突きつけて叫びました。

「名を名乗りなさい！　わたしは王女マリア。あなたは日本の軍人ね？」

男は「ほぅ、北京語を話せるのか」と言いました。それから片頬を歪めて不敵にニヤリと笑い、

「ぼくは、間久部緑郎！　大日本帝国からきた。君たちが大事にしている〝火の鳥〟とやらの力をいただくためにな！」

「そうはさせない！　いますぐ神殿から出なさい。じゃないと……」

わたしは部下の青年の首に刃物をぐいっと食いこませました。青年が女性のような高い声で
「南無三！　おいらしくじっちまった……」とつぶやきました。

間久部と名乗った男は、一瞬、青年に優しげな笑みを向けました。それから、

「なぁ、川島」

「大将……」

「自分がどうしていまここで死ぬか、わかるか」

わたしは「……えっ？」と聞き返しました。青年が息を呑む短い音が響きました。

「ぼくの邪魔をしたからさ！」

と叫ぶと、間久部が目にも止まらぬスピードで拳銃を手にし、こちらに向けて引き金を引きました。

部下は額を撃ち抜かれ、声もなく崩れ落ちました。

続いてこちらを狙った銃弾は、ナイフに当たって跳ね返りました。その隙に、わたしは床を蹴って跳躍し、柱の陰や祭壇の裏に逃げながら、

「なんてことを！　味方を手にかけるとは！」

「黙れ！　皇軍の士気高揚のため、火の鳥の力がどうしても必要なんだ。頂いて帰るぞ！　さらば！」

「コ、コウグン？　シキコウヨウ……？」

わたしを追って、銃弾が何発も飛んできました。それから間久部は鳥の首を抱え、神殿を出て行きました。

後を追ったものの、追いつけず、またもや背後で、楼蘭王国が砂の中に消えていき……。


わたしにとって五回目となる外の世界……。

今度はもう一九三七年七月になっていました。

再び急いで満州国に向かい、間久部という日本人を探しました。やがて、中国東北地方を支配する關東軍にその名の少佐がいるとわかりました。陸軍のビルや宿舎の前で待ち伏せしました。でもちょうど日本軍は北京を攻めて〝支那事変（日中戦争）〟を始めたものの、形勢不利となったところで、人の出入りも多くひどく混乱しており、みつかりません。

調べると、間久部少佐は上海を中心に発展した日本の新興財閥、三田村家の末娘と縁談があり、

頻繁に上海に出向いていることもわかりました。そこでわたしは満州国を出て、大陸を南下し、孫文の墓陵のある南京に到着。そこから揚子江沿いに東に向かい、上海に着きました。

魔都上海！　東洋のパリ！　世界中から集まった人々が、租界で浮かれ、働き、遊び続けていました。見たこともないほど豪奢な悪徳の街です。わたしは上海語を覚えつつ、間久部少佐を探しました。ある夜会にやってくると知り、野鶏《ヤーチー》（白系露人の娼婦）になりすまして会場に潜入しました。

ところが、いましも怪しげな夜会が始まるというとき……またもや草原のような風が吹き、わたしをなぎ倒しました。風が止んだときには、再び楼蘭王国に……。

わたしは悔しさに歯ぎしりしました。

今度こそ間久部少佐を返り討ちにし、謎を解くと決意しました。繰り返される永遠の一日のほとんどを神殿で一人過ごすようになりました。ほどなく、間久部少佐がまたやってきました。前回の部下はおらず、少佐と面差しの似たおとなしそうな青年と、ぞっとするほどの美貌を持つ青年の三人組でした。

立ち振る舞いから、美貌の青年の戦闘力がもっとも高いと推理しました。わたしは神殿の柱の上から飛び降り、鉄の武闘笛を美貌の青年の脳天に叩きつけました。血と脳漿《のうしょう》が飛び散り、青年はその場に倒れます。おとなしそうなほうの青年が「ルイーっ！」と叫びました。わたしはその彼をなぎ倒し、背中に乗ると、両腕で頭を摑んでひねりました。ゴキッ。首の骨が折れるいやな音がしました。間久部少佐の「正人ォォォー！」という絶叫が聞こえました。

振りむきざま、間久部少佐と間合いを詰め、敵の右手を武闘笛で強く叩きました。敵の銃が床を滑って遠ざかります。わたしは素手の彼に立ち向かい、「間久部緑郎！　這次不会再譲你跑啦《チヨーツープーホイザイランニーパオラー》。従実招来《ツォンシーチャオライ》（今度こそ逃さない。秘密を話してもらう）！」と叫びました。

「なぜぼくの名を知ってる？　北京語を話せる？」

「あなたが楼蘭にくるのはもう三度目よ。前回は自分の手で部下を殺したわ」

「何だって？」

「その前は、うなされてこう言っていた……」

と、わたしはあの聞いた寝言を伝えました。すると間久部少佐ははっとし、

「それは、日本語で〝母〟という意味だ。なぜこの女がぼくの寝言を知っている……？」

「だから、あなたとは何度も会っていると言っているでしょう」

間久部少佐は「くそっ！」と叫ぶと、隙をついて靴の内部から小型ナイフを取りだし、「正人の仇だ！」とわたしの右頬に突き刺しました。わたしは絶叫しました。間久部少佐は神の鳥の首を掴み、銃も拾い、こちらに銃口を向けました。間一髪わたしは祭壇の陰に飛びこみ、銃弾から逃れました。それから右手で、頬に突き刺さったナイフを引き抜きました。ドッと血が流れます。立ちあがり、ナイフを間久部少佐の背に向かって投げました。ナイフは彼の背に突き刺さりましたが、よろめきながら相手も必死で逃げていきます。

　わたしは神殿から飛びだしました。奴が城門の外でラクダに飛び乗り、去っていくところが見えました。血が流れる頬を両手で押さえながら、追おうとして、ふと……。

わたしは楼蘭王国を見回しました。懐かしい人々の顔や、華やかな町の様子を見ました。

あぁ、みんなまた消えてしまうんだ。風が吹いて、砂の中に……。

胸がかきむしられるような気持ちになり、一歩も動けなくなりました。

このまま、城門から出ずに、ここにいたら、もしかしたらわたしも砂の粒になって消えるのかな。ここでいまこのまま地上から永遠に消えてしまってもいい……。

でも、結局わたしは、頬の傷を押さえながらよろめき歩き、城門から外に出ました。

いまのわたしには、宿敵たる間久部少佐がいたからです。

背後で楼蘭王国が砂になって消えていきました。

間久部緑郎を追い、わたしはこの六回目の世界で、一路上海へ。

ようやく上海に到着したときは、一九三七年九月。前回の約二カ月後でした。

世界中から集まった人々が租界で遊ぶ華やかな魔都だったはずの上海は、今回は〝抗日戦争(日中戦争)〟の戦場になっていました。日本軍に侵攻され、租界の外では戦車に大砲、火事、逃げ惑う人々……。そして日本軍は北京を早急に制圧。続いて天津、そしてついに上海にまで到達していたのです。

わたしはロシア租界に逃げこみました。白系露人のふりをして潜伏し、諜報活動に励みました。

しかしなかなか間久部少佐をみつけることができません。

ある日、虹口《ホンキュウ》の日本陸軍ビルから、断髪の美女が颯爽と出てきました。水色の男性用中国服にすみれ色のスカーフ姿で、涼しげなのにどこか孤独な目をしています。わたしは「あっ……」と目を疑いました。

彼女こそ、間久部少佐が二回目に楼蘭にきたとき一緒だった部下の青年でした。じつは男装の女だったようです。わたしの腕の中で死んだはずの女が、生きて歩いているのを見るのは奇妙なことでした。

關東軍や間久部少佐のことを聞きだせるかもしれない……。わたしは旧ロシア帝国の貴族令嬢を装い、彼女——愛新覺羅《あいしんかくら》顯玗《けんし》こと川島芳子に近づきました。

芳子は阿片《アヘン》を吸うたび、關東軍にだまされて利用されたと、涙ながらに語りました。

「おいら、失った清王朝が復興できると思って、つい日本に協力しちまったのさ。でも關東軍の男たちに好きなようにされただけだった。だからさ、おいらの煙は、西太后のため息なのさ……」

六回目の世界に生きる川島芳子は、五回目の川島芳子とはちがい、間久部少佐とは面識がないようでした。歴史が毎回違うように、個人の運命もまた異なっていたのです。

わたしと芳子は次第に親密な間柄になりました。

上海市街戦は、日本軍の進撃と中国共産党や中国国民党のゲリラ活動が相乱れ、緊迫していました。

そしてこの年十一月。日本軍は上海制圧に失敗。中国大陸から撤退しました。

日本は〝抗日戦争（日中戦争）〟に負けたのです！

新聞の号外が租界に飛び交い、人々が外に出てきて喜んでいました。芳子が窓からその様子を気だるげに見下ろし、「おいら、すぐにもこの街からおさらばしたほうがよさそうだな」とつぶやきました。

「おいらは中国を愛し、満州族の清王朝に忠誠を誓う者だ。だが漢族からすれば、敵国日本に協力し続けた裏切り者さ。もっと南の国、そうさな、インドシナの島にでも渡り、青パパイヤのお酒を飲みながらのんびり余生を過ごそうかな。マリア、キミもこないか。だってキミの国ももうないんだから」

「え、えっ！」

「なにを驚いてるんだい。元貴族と言っても、帝政ロシアはもうないじゃないか」

わたしは「あ、あぁ……」とうなずきました。それから芳子の寂しげな青白い顔をじっとみつめました。

彼女と南の国に行き、二人静かに暮らす……地上には存在しない祖国、楼蘭王国のことを忘れて……。

「いったいなんで泣くんだい。マリア、どうした？」

そうできたらどんなにいいかと、強く思いました。

でも、わたしにはある予感が胸にありました。

なぜなら、日本は今日、戦争に負けたのです。

ということは……歴史を変えようとする何者かの手がまた……。芳子と一緒にいたくても、きっとまた……。

びゅっ、と風が吹きました。

わたしは運命に対抗するように、風のほうを振りむきました。ユーラシアの草原に吹き荒れるような激しい風が、再び吹き、睨みつけるわたしの体を床に強くなぎ倒します。わたしは芳子が立っていたほうに虚《むな》しく手を伸ばしました。でも、また……。ほら、また……。


再び目覚めると、わたしは懐かしい楼蘭王国に帰っていました。

愛する人をなくすのは、三度目でした。

楼蘭で弟ウルスと両親ザムヤードとアナーヒタを。長春で夫と子供たち……ウルス、アナーヒタ、ザムヤード、ワナント、ミスラ、アタル、ヴァーユを。上海で川島芳子を。そしてまた中世の死者の都に戻ってきたのです。

自分はもうここにいてはいけないのだと、理解しました。なぜなら、楼蘭王国がある限り、間久部少佐がやってきて、神の鳥の首を盗み、何者かが歴史を変えてしまうからです。

わたしは罪人でした。家族と国土をとつぜん失ったショックから、聖なる神の火の力を盗んだ、許しがたい罪人でした。でも、そんなわたしよりさらにしてはいけないことをしている何者かがいる……。

一日かけて、わたしは王国中の愛しいものに別れを告げました。家族、知人、民たち。永遠に見飽きることのない美しい情景。平和で豊かなわたしの祖国……。見納めに弟のウルスの美しい青い目をじっと見て、亜麻色の長い髪にそっと触れました。

神殿に入り、自らの手で、祭壇から神の鳥の首を下ろしました。城門を潜り、王国の外に出ました。

振りむくと、神の鳥の首をなくした楼蘭王国が、砂混じりの風とともに消え、廃墟になっていきました。

そう、いま、わたしの話を聞いているあなたがたがいる、この……楼蘭遺跡です。

わたしは神の鳥の首を隠し持ち、旅立ちました。

南へ。ひたすら南へ。

途中、ある町に立ち寄り、神の鳥の首を安全な場所に隠しました。そして上海に向かいました。

今度こそ謎を解き、敵の裏をかくためにです。

外の七回目の世界は一九三七年の九月でした。今回も〝抗日戦争（日中戦争）〟で上海は戦火の只中でした。でも、明らかに前回より日本軍有利な戦況でした。歴史がまた変わっている！　ほどなく上海が制圧され、続いて冬には南京も陥落してしまいました。

わたしは宿敵の間久部緑郎を探し続けました。

年が明け、一九三八年一月。外灘《バンド》のキャセイ・ホテル最上階のボールルームで、日本軍の戦勝を祝う大夜会が開かれると知りました。わたしはさっそく楽隊のメンバーとして潜入しました。

この夜の上海は、まさに東洋のパリ、魔都の名にふさわしい妖しい魅力に満ちていました。青白い三日月がキャセイ・ホテルの先に引っかかり、ふるふると揺れていました。つぎつぎ到着する黒塗りの高級車から、羽振りの良い日本人が降りてきます。ボールルームはきらびやかに飾られ、お酒とご馳走が並んでいます。わたしたち楽隊が楽しげにジャズを演奏します。客が入ってきては、我が世の春と談笑しています。

その中に、ひときわ目を引く、軍服姿の威風堂々とした男が……大きな目に抜け目ない光をたたえた美男子が立ち、胸を張って勝ち誇り、両腕を広げて……。

「そうさ。中国なんてもう、揚子江の水まで日本のモンさ！　アーハハハ！」

わたしは楽隊とともに笛を吹きながら、こっそりうなずきました。

みつけた！　とうとう再会できた！　憎き敵！　關東軍の間久部緑郎少佐を！

わたしはうつむいて表情を隠しつつ、心の中で叫びました。必ずこの謎を解き、悪事を阻止してみせる、と！

その二　廃墟の七人

紫色の月光が落ちる夜のタクラマカン砂漠。湖の畔に残された楼蘭王国の廃墟で……。

間久部緑郎、猿田博士、芳子、正人とルイは、焚き火の周りに座りこみ、マリアの声に呆然《ぼうぜん》と耳を傾けていた。

緑郎がかすれた声でつぶやく。

「な、まさか。そんな！」

猿田博士が呆然と夜空を見上げ、

「つまり、我が大日本帝国は、火の鳥の力を使って歴史を修正し続けておるのか……。我らの關東軍はいわば〝時間旅行軍〟とでもいうべき存在で……」

緑郎が立ちあがり、「博士はこの怪しい女の言うことを真に受けるのですか」と詰め寄る。猿田博士は首を振り、「間久部くん、自白剤の効き目は確かだ。いまの彼女に嘘は言えんよ」と言い切る。

すると緑郎は目をぎらつかせ、歯ぎしりしだした。拳を固め、日干しレンガでできた廃墟の壁を殴って、

「もしもそうなら、ぼくはっ……ここにいるこの間久部緑郎は、じつは何回、いまを生きたというんだっ！」

マリアがうっすら目を開け、小さく「七回目です、少佐……わたしたちは皆、何者かによって七回目のいまを生かされているのです」と答えた。

全員黙りこみ、互いの顔を眺める。

と、芳子が小声で、

「……なぁ、それじゃ、六回目のヨシコちゃんは、マリアとずいぶん親しかったっていうのか」

とつぶやく。それから悲しそうに「キミ、東興楼《ドンシンロ》で出会った夜も、旅の間も、ちっともそんなそぶりを見せなかったじゃないか」と抗議した。マリアはかすれた声で「終わった話です」とささやき、顔を背けた。

その横でルイが、凄みのある美貌を歪ませ、「待ってよ！　じゃ、六回目のボクは、反撃もせず敵に一発で倒されたっていうの。そんなヨタ話を信じろって？」と憤る。芳子も気づいて「そうだよ。それに、五回目のおいらは、大将に撃ち殺されたんだよな。もう金輪際あんたのためにゃ働かないからな」と怒りだす。緑郎はあわてて「いや、その……。そうだ。まずマリアの話を整理しよう。正人、おまえが書記をしろ」と正人の肩を叩き、筆記用具を用意させた。

緑郎は胸を張って立ち、顎に片手を当てて、

「楼蘭王国は四二五年前、明の軍に滅ぼされた――。だが火の鳥の力によって、滅びる前の一日を永遠に繰り返すようになった。そのことは湖周辺の生態系にも影響を及ぼした。一九〇四年、

犬山という日本の軍人がやってきて、鳥の首を盗んだ。約十四年後。何者かが、おそらく火の鳥の力を悪用し、時を巻き戻した……？」

猿田博士が重々しくうなずき、

「そうして、マリアさんの言う二回目の世界が始まったのじゃな。しかし、一回目の世界も二回目の世界も、七回目の世界にいるわしらの歴史とはずいぶん違うようじゃぞ。なにせ一回目では〝世界大戦《グレートウォー》〟中に起こった〝ロシア革命〟で、レーニンが東洋人に襲撃されて命を落とした。二回目では、レーニンとスターリンを日本軍らしき軍隊が戦車で襲った、と……。しかし、そんな歴史はどちらも存在せん」

「そうですね、博士。そしてまた時が巻き戻り、三回目の世界では、レーニンもスターリンも命を落としたり日本軍に襲われたりすることなく、革命政府〝ソビエト連邦〟を樹立している。ぼくらの知る実際の歴史と同じだ」

「ところが、じゃ！　その後、一九三一年に關東軍が起こしたはずの〝満州事変〟が起きず、日本の傀儡政権たる〝満州国〟も設立されなかったという……。再び時が巻き戻り、四回目の世界では、我々の知る歴史通り、満州事変が起こり、中国東北部一帯に〝満州国〟が設立されている」

　正人が筆記しながら「あとさ、四回目からは、どういう事情でか、犬山さんじゃなく、兄さんが、楼蘭を訪れるようになったらしいね」と言う。緑郎は顎をさすりながらうなずき、

「うむ……。犬山とは、ぼくをこうして楼蘭に送りこんだ大本営の犬山元帥と同一人物なのか？

事情がまーったくわからんな。む、とりあえず先を行こう」

「そうじゃな、間久部くん。さて五回目の世界では、一九三七年に始まった〝支那事変（日中戦争）〟において、日本軍は始めの北京で形勢不利に。続く六回目の世界では、北京と天津を制したものの、続く上海戦で敗退。大陸進出を諦めている。しかしじゃ。七回目の世界である今は……」

猿田博士は目を細め、顎を引き、恐ろしそうに、

「日本は、北京、天津に続き、上海を、そして南京を制圧！　快進撃を続けている。そう、燃える旭日旗《きょくじつき》を掲げた時間旅行軍が、今この時も、中国大陸を、西へ、南へと進軍しているのじゃ……」

緑郎が両腕を広げて地面を何度も蹴り、

「くそっ、誰が時を巻き戻してるんだ！　黒幕は誰だッ……」

廃墟の中を歩き回り、ブツブツと「許さん。このぼくを使い捨てのコマのように利用し、幾度も楼蘭行きの旅をさせたのか？　しかも、そのうち一度は我が弟が死んだ、だと？」と繰り返し、夜空を見上げると、

「おい、ぼくらは生きているんだぞーっ！　誰だっ、出てこーい！」

「大将……その答え、このヨシコちゃんに心当たりがあるぜ」

と芳子が神妙な顔つきで言った。緑郎がはっとし、芳子の青白い横顔を睨み下ろした。

芳子は腕組みし、

「今回の任務のためにおいらを雇ったのは、何を隠そう、上海の日本財界を牛耳る三田村財閥だ。おいらは虹口《ホンキュウ》にある三田村家に呼びだされ、中二階の応接室で、大将こと間久部緑郎少佐を紹介された……」

「覚えているとも。摩訶《まか》不思議な登場だったからな。首根っこを掴まれ、『ゴロツキだーい！』と喚きながら犬コロのように放りこまれてきた」

「大将、おいらはね、その前に一階でお呼びを待つ間に、地下に繋がる秘密の階段をみつけたのさ。で、三田村要造の愛娘《まなむすめ》たる麗奈サンが、『絶対入るなと言われてる』と言うもんで」

「まさか入ったのか」

「入らないわけないだろ。秘密の、階段、だぞ！」

「そんな大声を出すな、不良娘……」

「ともかくだ。暗い階段を下りたら、和風の地下室があった。立派な木の板にこう書かれていたぜ……」

と芳子が一度黙り、ゆっくり言った。

「――〝鳳凰機関〟と！」

一同は顔を見合わせ、「鳳凰、機関……？」と考えこんだ。

正人が小声で「中国に伝わる鳳凰も、伝説の鳥。火の鳥を表す言葉でもあるね」とつぶやく。

緑郎も首をひねり、思いあぐねる。芳子がうなずき、

「そこでおいらは、障子に穴を開け、中を覗いた」

「貴様、余計なことばかりする女だな」

「でも、そのおかげでいろいろわかるだろ。室内には男が三人いてね。うち二人は關東軍のお偉いさんだった」

緑郎が「なにっ」と目を見開いた。

「ほんとだよ。一人めは、丸縁のロイド眼鏡をかけた真面目そうな男で……」

と芳子が言うと、みんな顔色を変えた。正人がこわばった顔で、

「それって、關東軍参謀長、東條英機《とうじようひでき》じゃないか？」

芳子が無言でうなずく。緑郎も焦った顔つきで「二人めは？」と聞く。

「黒マントを着た小柄な男。甘党なのか、話しながら大福を食べてた」

正人が息を呑み、

「關東軍参謀副長、石原莞爾《いしわらかんじ》だ！」

と、緑郎がふと「うむ、石原副長はいつもお気に入りの黒マントを着ておられる。酒が飲めず、甘党だ。だが正人、おまえただの大陸浪人のくせに、さっきからやけに我が關東軍のことに詳しいな」と不審そうに聞いた。正人はあわてて「たまたま知ってたんだ……」とうつむく。

「三人めは、背が高くてにこにこしてる男。二人の部下のようだったぜ」

緑郎と猿田博士が顔を見合わせる。「参謀長、参謀副長と行動を共にし、背が高く……？」「官僚かもしれんな」と首をかしげあう。

「三人はこんな会話をしてたぜ。『つぎに鳳凰が飛ぶのはいつだ？』『まだわからない』『あの男

ならすぐ帰還してくれるだろう』とね」

猿田博士が考えこんだ。

「〃鳳凰が飛ぶ〃……？　なんのことじゃろう。鳳凰とは火の鳥のことじゃろうが」

正人が「もしかして、火の鳥の力を使って時を巻き戻すことを〃鳳凰が飛ぶ〃と言っているのかな……」と言う。博士も「そうかもしれんな」とうなずく。

「では〃あの男〃とは？〃帰還する〃とは？」

緑郎がギリギリと歯ぎしりし、「ぼくのことかもしれん」と呻く。

「マリアによると、時が巻き戻るたび、火の鳥の首は楼蘭に戻る。ということは、だ……」

「うむ。また時を巻き戻すために、誰かが、遥かなるタクラマカン砂漠に旅をし、首を持ち帰らねばならんのじゃな。つまり〃あの男の帰還〃とは、間久部くんがマリアさんから鳥の首を奪って帰ってくることを指しているのじゃろう」

芳子も「なるほどなぁ。そうだったのか」とうなずいた。それからさらに身を乗りだして、

「地下室には男女の遺影も飾られてたぜ。女のほうは麗奈サンにそっくりの三十代のご婦人だが」

「それは麗奈の母、夕顔《ゆうがお》さんだろうな。七、八年前に病気で亡くなったはずだ。ぼくは会ったことがない」

「やっぱりそうか。男のほうは……海軍の山本五十六閣下だったたぜ。昨年末、上海で客死された」

猿田博士が不思議そうに、

「ほぅ？　七、八年前に亡くなった麗奈さんの母、つまり三田村要造氏の奥方と、昨年亡くなった山本五十六閣下の遺影が、なぜ並べられているんじゃ？」

「いや、ぼくにもさっぱりわからんな」

と、緑郎も首をひねった。

「ともかく、三田村家の地下に〝鳳凰機関〟と名乗る謎の組織のアジトが隠されている……。關東軍幹部の東條英機、並びに石原莞爾がメンバーだ。〝鳳凰機関〟は、火の鳥の力を使って時を巻き戻し、世界情勢を日本有利に導いているにちがいない」

「そのようじゃな」

「しかしです、博士。七回目たる今回は……」

「うむ、前回まではちょっとばかり勝手がちがうのじゃな。七回目のマリアさんは、間久部くん、君に鳥の首を奪われまいと先回りした。楼蘭を旅立ち、この広大な中国大陸のどこかに……」

「火の鳥の首を、隠したのか……」

とつぶやくと、緑郎は恐ろしい無表情で、倒れているマリアを見下ろした。

両手の指の関節を鳴らし、ゆっくり近づく。

正人がマリアをかばって立ちふさがり、「ねぇ、兄さん。三田村家の地下に〝鳳凰機関〟があるということはだよ。兄さんの奥さんの父である三田村要造氏も、この件に関わっているのだろうね」と緑郎に話しかける。

緑郎は足を止め、

「む、そうだな……。そもそもこの火の鳥調査隊のスポンサーは義父《ちち》だと聞いている。しかし義父は商人だ。關東軍とどれほど密な繫がりがあるのか……」

その声に、芳子が得意げに胸を張り、

「これまたおいらだ。三田村氏なら砂漠に入る前、ハミで見たぜ」

「ハミでだと？　嘘をつけ。義父がそんなところにいるものか」

「それがさ。じつは、飛行場で燃料補給してるとき。数分遅れて到着した別の飛行機から、三田村氏がとつぜん姿を現したのさ」

「何っ。そんな大事なことを、なぜ今まで黙ってたんだっ！」

「だ、だって、誰にも言うなと、脅されて……」

と芳子がしどろもどろになったとき。

パーンと軽い銃声が響いた。緑郎、正人とルイがとっさにしゃがみ、崩れかけた建物の壁に隠れた。猿田博士がぽかんと立ち尽くす。

芳子が「おっとっと」と帽子を脱いだ。つば部分に銃弾の小さな穴が開いている。ルイが壁の後ろから飛びだし、芳子の腕を引っ張って庇った。

風が吹いた。いつのまにか雲に隠れていた月が夜空に現れた。

淡く青い月光に照らされ、闇の奥から、がっちりした体軀《たいく》の一人の老人——三田村要造が現れた。意志の強そうな大きな目と頑強そうな鷲鼻をし、口元に不気味な笑みを浮かべている。

こちらに銃口を向け、一歩一歩近づいてきて、

「口外するなと言ったはずだぞ。愛新覺羅顯玗」

腹の底に響くような重々しい低い声に、芳子が「は、は、はい……」と、熊の前に出たウサギのようにぶるぶる震えだした。

緑郎は眉をひそめ、頭を垂れて「まさかこんなところでお会いするとは……」とつぶやく。猿田博士もあわてて居住まいを正す。正人はルイの前に立ちふさがって庇った。

三田村要造は銃口を全員に順番に向けながら「やはり追ってきて正解だったな」とニヤリとした。

「火の鳥調査隊が上海を発《た》った翌朝。犬山君が、記録写真に写る〝楼蘭の笛吹き王女〟を発見した。なぜか通訳として紛れこんだとわかり……。こんなことは今までの世界では起こらなかった！　どうやら今回は一筋縄ではいかない変則的な時空のようだな。しかし、我々〝鳳凰機関〟は必ず目的を達成するだろう」

猿田博士がおそるおそる、

「貴殿はいま、時空とおっしゃったな。それはマリアさんの言う〝七回目の世界〟のことですかな。つまり貴殿こそ、火の鳥の力を使い、六回も時を巻き戻し、この戦争の結果を左右している首謀者なのか……？」

すると要造は博士の言葉に鼻で笑い、

「ふっ、七回目なんかではない。王女が知らないことも多い。この女の言い方を使えば、この時空は、正しくは〝十五回目の世界〟なのだ。哀れな王女は、九回目以降しか記憶していなくてな」

マリアがおどろき、蠢いた。苦しげに呻きつつ要造をキッと睨む。

猿田博士が「それは一体どういう……」と聞きかけると、要造は博士の眉間に銃口を押しつけ、

「説明する必要はない。時を巻き戻せば、今ここにいる君たちはまた消えるのだからな。我が偉大なる大日本帝国の未来のため、このユーラシア大陸すべてを我々の領土とするため、時は再び巻き戻される。そして新たな〝十六回目の世界〟がやってくるのだ！」

猿田博士が黙って両腕を上げた。

月明かりが廃墟を冷え冷えと照らしていた。

要造が緑郎に「王女に自白剤をさらに注射しろ。火の鳥の首をどこに隠したか吐かせるのだ」と命じる。マリアが悔し涙を流しながら、弱々しい動きで地面を這い始めた。猿田博士が「マリアさん！　いかん。これ以上打ったら致死量を超えてしまう」と必死で止めに入るが、要造に銃口を強く押し当てられ、また両腕を上げる。

「致死量を超えたらなんだと言うんだ。緑郎くん、女に隠し場所を吐かせ、火の鳥の首を手に入れろ」

緑郎が従順に「ハッ！　おっしゃる通りにします。お義父《とう》さん！」とうなずく。その声に猿田博士が絶望の表情を浮かべた。正人とルイも緑郎を睨む。芳子も怯《おび》えた顔つきで「大将……」と

首を振る。

注射器の用意をし始めるが、緑郎の手がカタカタ震え、冷汗で滑り、何度も薬瓶を取り落とす。その間にマリアは力なく地面を這い、五センチ、十センチと、わずかずつだが緑郎から遠ざかろうとする。「ぜったいに……教えない……。わ、わたしは、強くなったんだから……。ウルスみたいな戦士になったんだから……。ウルス、ザムヤード……。わたしの、家族……。こんな奴らに、まっ、負けるもんかぁ……」と呻く。

緑郎が「お義父さん、準備できました！」とはきはき言う。要造が「よし、やれ」と命じる。緑郎が「ハッ！」としたり顔でうなずく。

マリアのもとに近づき、にやりとほくそ笑み、白く細い手の指を思いっ切り踏みつけた。マリアが「うーっ……」と呻く。「じっとしてろよ、美人さん」と笑い、マリアの腕を取り……。

つぎの瞬間、緑郎は音もなく立ちあがり、要造の背後から飛びかかった。左手で注射器を持ち、要造のがっちりした首にその左腕を回す。同時に右腕で、要造の握る銃口の向きを変えさせる。

要造は「ウォォーッ！」と怒鳴り、老人とは思えない怪力で暴れた。緑郎の両足が地面からふわりと浮く。全身が左右に激しく揺れ、振り落とされそうになる。

芳子が「大将！」と、正人が「兄さん！」と叫び、左右から要造に飛びかかった。ルイも無言で地面を蹴って跳躍し、背中の飾り刀を抜いて、要造の脳天に振り落とそうとする。と、緑郎がルイを見上げ「待てぇ！　殺すな！」と命じた。ルイがはっとし、刀をしまう。

四人がかりでなんとか三田村要造を押さえつける。

緑郎が目をぎらぎら輝かせ、

「あ、あ、洗いざらい吐くのは、貴様のほうだ！　この老いぼれめ。よくもこのぼくをコマとして使ったな！」

と叫び、要造の右腕に注射器をぶすりと刺した。要造がギャーッと叫び、抵抗して暴れる。緑郎はさらに押さえつけ、その顔を見下ろす。歯を剝きだしてヒステリックに笑いながら、

「火の鳥の力について、すべて話せぇ！　不思議な力の使い方、十五回も繰り返された世界の秘密、これまでの全部、全部だっ！　さぁ……話せーっ！」

緑郎の絶叫が、冷えこむ夜の砂漠に響きわたった。

要造は歯を食いしばり、目を血走らせ、何も言わんぞと緑郎を睨みつけた。だが次第に効き目が現れ、呻きながらも、話しだした。

「今から四十八年前の一八九〇年のこと。私は帝都東京にいた。病を得て、休学し……ある日、不思議な男と会った。秘境を旅する大滝《おおたき》探検隊を率いる大滝雪之丞《ゆきのじょう》という男。まぁ、山師の一種だ……」

その名を聞いて、猿田博士が「大滝雪之丞だと？　なんと、わしもよく知っておる男じゃ」とおどろく。

緑郎が「博士、まずは此奴《こやつ》の話を聞きましょう」と制した。猿田博士も「そうじゃな」とうなずく。

星空の下、一同は三田村要造の声に耳を傾けて……。

四章　東京

一八九〇年四月

その一　エレキテル太郎二号

ぼく、三田村要造は明治四年（一八七一年）、帝都の日本橋で生を受けた。

父は士族だが、明治維新を機に髷《まげ》を落とし、刀も古道具屋に売っぱらい、石油ランプの製造販売を始めて軌道にのせていた。母は病弱で、跡取り息子であるぼくを産んですぐ亡くなり、多忙な父との静かな二人暮らしだった。

後に世界の未来を左右することになる我が〝鳳凰機関〟については、一八九四年から約二十三年間、暗躍した〝第一次鳳凰機関〟と、一九三一年から現在まで続く〝第二次鳳凰機関〟に分けて説明すべきだろう――。

まずは一八九〇年の春。すべての始まりとなる、あの桜散る晴れた夜の出来事に戻らせてほしい。


「ヨーちゃーん、こっちだ、こっち！」

洋風の赤レンガの街並みが続く銀座の大通り。

着飾った洋装の通行人を、鉄製のアーク灯が眩しく照らしていた。乗合馬車がラッパを鳴らし、人力車もガラガラと車輪の音を響かせる。楽しげな話し声や、食堂から漏れる音楽が、星降る夜空に上っていく。

馬車を降りたったぼくを、幼なじみの田辺保《たなべたもつ》が手招きした。ぼくは「やぁ、やぁ、タモっちゃん」と飼い主に駆け寄る犬みたいに小走りになった。

ぼくはこの年、十九歳。猛勉強の末、帝国大学法科大学に進んだものの、大腸カタルを患い、入学と同時に休学中の身となってしまった。田辺保に「気晴らしにぱーっと出かけようぜ」と誘われ、こうして似合わぬ夜の銀座に出てきたのだった。

袴《はかま》に下駄履きのぼくと、白衣を羽織り、胸ポケットからペットの二十日鼠を覗かせた保。それに保の友人の森漣太郎《もりれんたろう》も一緒だった。森くんは痩せっぽちのぼくや小柄な保とちがい、すらっとした紅顔の美青年で、学帽も学ランもよく似あった。

連れ立って檸檬茶館《れもんさかん》という食堂に入る。慣れない店であたふたしていると、洋装の女性給仕が、「田辺さんと森さんじゃないの」と近づいてきた。

保が笑顔で「うん、今夜は幼なじみを連れてきたんだよ」と紹介する。

「ヨーちゃん。この子は看板娘の夕顔さんだ」

夕顔さんは、目が大きく黒目がちで、ほっそりと柳腰の女性だった。ぼくをじーっとみつめて「ほっぺたに何かついてるわよ、お兄さん」と手を伸ばしてきた。「ご飯粒ね」と微笑む。

窓際の席に案内され、洋風の定食を頼む。母も姉妹も女友達も身近にいなかったので、ぼくはすっかり舞いあがってしまい、「絶世の美女だ。ぼく、好きになってしまったよ」と呻いた。森くんが「えっ、ごく普通の女だぞ」とおどろく。保は「いやいや、美人《シャン》だ。ヨーちゃんが言うならその通りさ」とうなずいている。

ぼくは料理の皿を運んでくる夕顔さんに聞こえないよう、小声で、

「素敵な人だ……素敵だ！」

保と「彼女、確か広島から家出してきたって言ってたぞ。一卵性の双子で、複雑な家の事情があって」「事情って何だい」「忘れちまったなぁ……」と囁き声でやりとりする。

と、初めはそんな会話をしていたものの、こうして若い書生が三人集まれば、やがては天下国家の議論になるのがお決まりだった。

——我が日本は、二百年以上続く江戸幕府のもとで長らく鎖国していた。でも三十七年前の一八五三年、ペリーの黒船来航！　衝撃とともに、外国に門戸を開放することとなった。

そして、イギリスなど西欧の帝国との間で、貿易、犯罪者の処罰などについて、一方的に不利な条約を結ばされてしまった。

このころすでに、海の向こうの中国大陸では、大国である清がアヘン戦争でイギリスに惨敗し、さらに力を落としていた。東に浮かぶ小さな島国、日本も、もはや安全ではない……。そんな中、国内の争いがようやく鎮圧され、江戸幕府から天皇へと国家の統治権が渡された。

そして、波乱含みの明治時代が始まった——。

日本はヨーロッパの帝国に倣い、見よう見まねで近代化を進めていった。身分制度を廃止し、

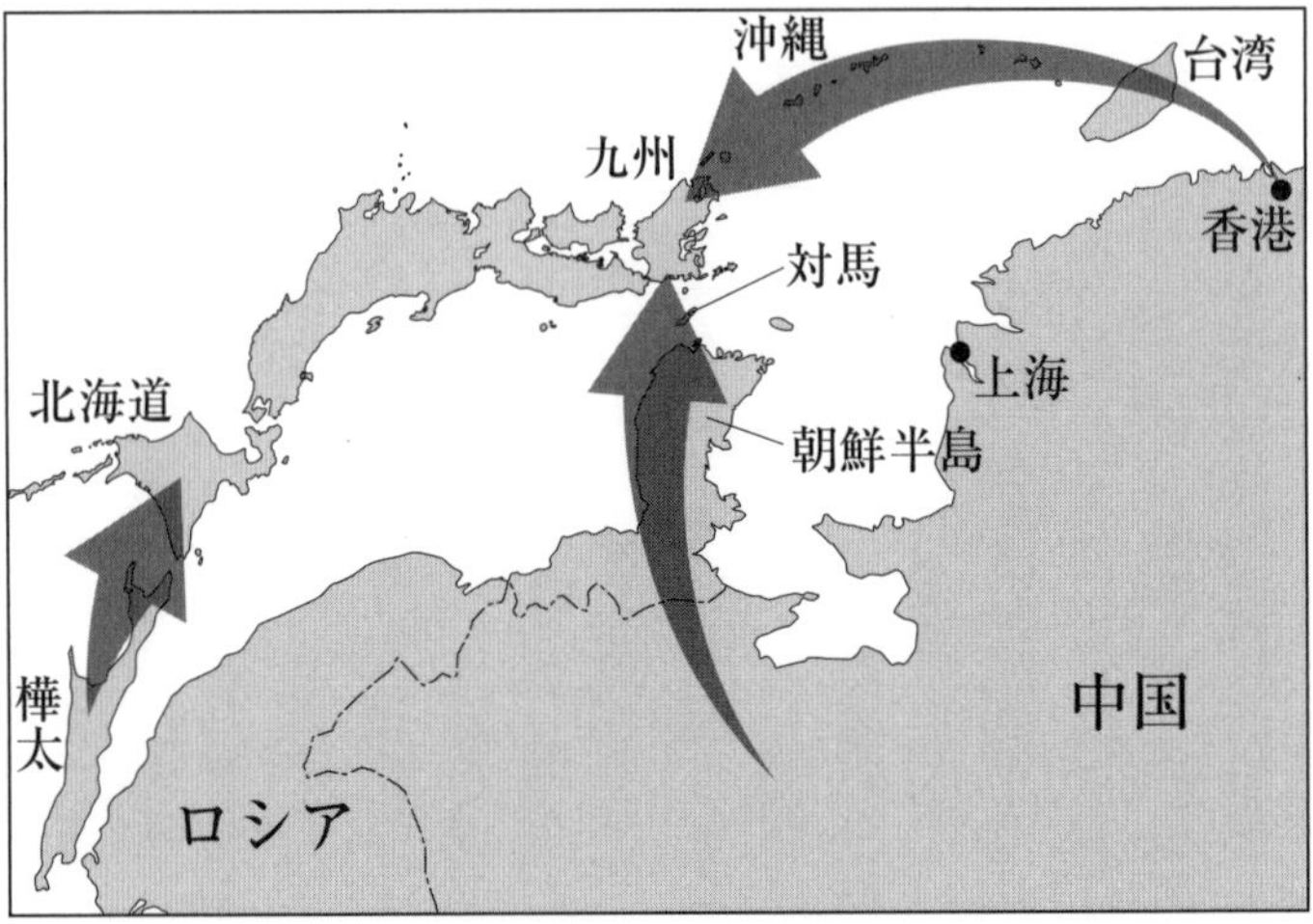

武士も商人もなくみんな平等とした。藩もなくし、県などに。義務教育、産業の発展、徴兵制……。

まるで日本は、世界という荒波に漕《こ》ぎだした一《いっ》艘《そう》の小舟のようだった。だからこそぼくたち若者は、今日よりも少しだけいい明日、希望のある未来を目指し、思考し続ける必要があった。これからの日本人一人一人の考えや行動こそが、小舟を漕ぐオールなのだから……。

「エネルギーさ！　これからの世界を制するのは、新しいエネルギー源の確保および開発だ！　ねえ？」

と保が、白衣の胸ポケットから顔を出す二十日鼠の頭を撫でながら熱弁を振るった。保はぼくより一つ上の二十歳で、帝国大学工科大学に学ぶエリート。変わり者だが、頭の良さは飛び抜けていた。

保は食堂の窓から華やかな夜の往来を指差し、

「ぼくが物心ついた頃は、細々とロウソクをつけてたものだぜ？　それが、石炭がやってきて、石油ランプになって、銀座の大通りにガス灯がついたかと思うと、お次は……電気《エレキテル》の登場さ！」

ぼくもつられて外を見た。電灯はおどろくほど強い光を発し、ギラギラと歩道を照らしていた。

「ここまで急速に発展するとは！　エネルギーを確保して産業に力を入れ、経済力を持つのが火急だろう」

「むむ、なるほど……」

「その点、ヨーちゃんのお父上は、石油ランプの製造販売で身を起こされただろう。これは慧眼《けいがん》だと、ぼくは尊敬してるんだよ」

ぼくは「そっか、親父をねぇ」とつぶやいた。

向かいの席の森くんが「いや。ぼくは、最も大切なのは国家の威信《プレステージ》だと考える」と胸を張った。

彼も二十歳で、帝国大学理科大学で学んでいた。

「ねぇ君たち、アジアは長らく〝眠れる獅子〟たる中国の影響下にあった。しかし、今こうして西欧の帝国が魔手を伸ばしてきているというのに、清の女帝たる西太后はのんきに贅沢三昧《ぜいたくざんまい》を続けている。アジアの力関係はまさに変化の時！　確かに危機的状況ではあるが、そのぶん、日本がアジアの小さな島国からひとっ飛びに飛躍できる可能性だってあるはずさ」

「なるほどなぁ。なぁ、ヨーちゃんはどう思う？」

「ぼ、ぼくかい？」

と、あわてて居住まいを正す。それからおそるおそるメモ帳を取り出し、南を上に、つまり普通とは上下を逆にしたユーラシア大陸の地図を描いた。

二人が「ん?」「何だい?」と身を乗り出してくる。

「地図を逆さにしたんだ。こうすると、日本列島の防衛上の位置関係がわかりやすくなるのさ」

「へぇー、知らなかった」

「まず真ん中を見て。朝鮮半島と九州北部は、じつはこんなに近いんだ。朝鮮半島と対馬を足がかりに、九州北部の港に上陸すれば、清も欧米の帝国も、大陸から日本に簡単に攻め込むことができる」

保がごくりと唾を呑み、二十日鼠の小さな頭をぐりぐり撫でた。森くんも唸《うな》り声を上げる。

「つぎに右上を見て。香港から、池の飛び石みたいに、台湾、沖縄と飛ぶと、ほら、九州南部にもヒョイッと上陸できる。要するに、朝鮮半島と、台湾と、沖縄こそ、我が国の重要な防衛拠点なんだ」

ぼくは続けて早口で、

「最後に左下を見て。ほら、シベリアから樺太《カラフト》を伝うと、北海道に進攻できる。ロシアが日本を攻めるときはこのルートで決まりだ。だから、その……」

と、ぼくは両の拳を固めて、

「つまり……。あ、あれれ……?」

「ヨーちゃん! 大丈夫か。あぁ、病み上がりに無理させすぎたか。ちくしょう。おーい、夕顔さん、お会計を頼むよ。森くんは表で辻馬車を停めておくれ」

森くんが「わかった！」と急いで外に出る。ぼくは目眩をこらえながら「えっと、だからね……」と弱々しくつぶやいた。


「つまり、日本列島は……ユーラシア大陸に近い非常に危険な地点にあるんだ。島だから動いて逃げるわけにもいかないし……。だから、結論といたしましては……」

と、ぼくは息も絶え絶えで、

「もっとも重視すべきは〝国防〟でして……」

「わかった、わかった。もう黙れ。冷汗が出てるぞ」

と保に叱られ、ぼくは口を閉じた。

辻馬車に、保と森くんに挟まれて乗っている。

電灯に明々と照らされた銀座を出て、日本橋に近づくにつれ、江戸の夜らしい濃い藍の闇がもどってきた。日本家屋の商店、川、石造りの橋、雪のように散る桜の花びら……。帝都はまさに、新しいものと古いもの、西洋伝来のものとアジア古来のものの麗しき坩堝《るつぼ》だった。

辻馬車に揺られながら、ぼくが夕顔さんの顔を思いだしていると、保が「逆さの地図、もう一回見せてくれよ」と手を出してきた。

地図の下のほうを指差してみせ、

「この辺り、中国東北部の満州は石炭資源が豊富なんだぜ。そのうえ石油まで出るという噂もある。大陸の大地は豊かでうらやましいなぁ！」

「そうなんだ。へぇ……」

「比べて日本は、こんなに小さな島国。残念ながらエネルギー源に乏しい。ヨーちゃんの言う通り、国防も大事だが、産業の発展だって……。おっと、着いたぞ」

ぼくに付き添い、保と森くんも辻馬車を降りる。

三田村という表札をかけた古い日本家屋。森くんがぼくをおんぶし、保が玄関をガラリと開けて、

「こんばんは。要造くんを送ってまいりました。田辺です……。って、おやっ？」

と三和土《たたき》に脱ぎ散らかされた下駄を見下ろし、

「珍しいぞ。三田村家に来客だ。しかもこんな夜更けに男物の下駄が一人分」

と、三人で首をかしげていると、薄暗い廊下の奥から、着物姿の父が煙管《キセル》片手にのっそりと姿を現した。

ぼくの姿を見て、「なんだい、お友達に背負われちゃって。相変わらず軟弱なやっちゃなぁ」と顔をしかめる。

それから、一転して得意そうな表情になり、

「じつは大滝雪之丞くんがきておってな。君達もよく知っておるだろう。――新聞を賑わしておる噂の〝大滝探検隊〟のご隊長殿だぞ」

──大滝探検隊とは、日本を飛びだして世界のまだ見ぬ大地を旅し、世間の話題をさらう冒険家集団だった。隊長の大滝雪之丞は元は曲馬団《サーカス》の興行師で、手品のトリックを使った千里眼を見世物にする商売でも儲《もう》けるなど、やり手だが得体の知れぬ男だった。探検隊の隊員も学者や山岳家など多岐にわたるらしかった。

保と森くんがぼくを心配しつつも帰っていくと、ぼくは廊下をよろよろと歩き、奥の自室に戻った。

客間の前を通るとき、太眉でがっちりした体型の三十歳ぐらいの男が、胸を張り、派手な身振り手振りを交えて生き生きと話している横顔が見えた。新聞で写真を見たことがある、大滝雪之丞その人だった。

「──〝火の鳥〟だって？」

という父の返事が聞こえ、ぼくはふと足を止めた。大滝がよく通る大きな声で、

「そう！　つまり、その、鳳凰ですな。西太后が探し求める麗しき妖獣！　なんと、全身が炎に包まれ、人語を理解する！　なんでもですなぁ、その鳥の生き血を飲むと永遠の命が手に入ると言い伝えられているそうな！　未知のホルモンを有しており、そばにいるだけで生物の肉体は活性化され……」

父が「ふむ、ふむ」と熱心に相槌《あいづち》を打った。

自室に戻っても、大滝の声は家中に響き渡り、よく聞こえた。「遥かユーラシア大陸に広がる、広大なタクラマカン砂漠！　そのどこかのオアシスに、妖獣が隠れておると、昔から噂されてましてなぁ。西太后の調査隊は失敗続きで資金が尽き、やがて諦めたそうです。しかしこの私は、前回の蒙古《もうこ》探検のおり、砂漠の民から絶対の情報を得て、火の鳥の生息する地点を知ったのです！　ですが残念ながら資金が足りず……うっ、うっ！」と泣き声を上げる。父の返事のほうは声がくぐもって聞き取れなかった。「そう！　そうですとも三田村さん！　もし未知のホルモンが発見され、化粧品や薬などが商品化されればですよ、貴殿はがっぽがっぽ儲かります。ちまちました石油ランプ商売どころじゃない。一気に財閥になるのも夢じゃありません。どうです、三田村財閥ですよ。三田村財閥！」と畳み掛ける。「あぁ、スポンサーが！　スポンサーがいれば！　そう、この私、大滝雪之丞にはロマンが、そして……」

大滝の大声が響きわたる。

「三田村さん、貴殿には、大金が手に入るのだーっ！」

その夜、ぼくはいつのまにか眠ってしまい、父が大滝探検隊に火の鳥調査隊の資金を出したのかどうかわからないままとなった。翌朝それとなく父に聞いてみたものの、「おまえはそんなこと気にせんでいい。それより早く学校に戻れ。学費もただじゃないんだぞ」とお説教を食らって終わりだった。

夏になり、ぼくはようやく復学。勉学に励んだ。

毎週金曜、夕顔さんのいる檸檬茶館で、保と待ち合わせて洋食を食べた。「あんたたち、夕顔の親衛隊みたいねぇ」と女店主にからかわれた。

二年後の春、保が帝大を首席で卒業した。最優秀学生賞も獲り、卒業式典で表彰された。お祝いを言おうと、その週、檸檬茶館に駆けつけると……。

いつもの席に、表彰状を頭上で広げて得意満面の保が座っていた。でも、店内に夕顔さんの姿がない。

ビールで乾杯し、お祝いを伝えてから、キョロキョロする。すると保がおどろいたように、

「ヨーちゃん、なんてこった！　知らないのか？　夕顔さんなら、その、やめたよ」

「えっ？」

女店主もお盆片手に寄ってきて、

「先週の金曜よ。三田村さん、お風邪を引かれて、こなかったでしょ。じつはあの日ねぇ……」

「とつぜん広島のお家から迎えがきたんだ。彼女は一卵性の双子として生まれたが、双子は不吉だという迷信があった。そのせいで、姉は蝶よ花よと大切に育てられたのに、妹の夕顔さんは貧しい家に預けられて……」

「ところが、さいきん姉が顔に怪我をして。ご両親が妹のほうを連れ戻したがってね」

「夕顔さんは『一度に二人も子供が持てるなんて幸運じゃないのさ。なのにひどい扱いをしといて、いまさらなによ』と怒った。で、揉めてるところにたまたま森くんがきて、『そんならぼく

と結婚しようか』って。夕顔さんも『あら、いいわね』って。で、卒業を機に岐阜に帰る森くんについて、夕顔さんも旅立っちゃった。風のようにあっというまさ」

「あの娘《こ》、ここにきたときも突然だったしねぇ……」

ぼくは「えっ……？」とつぶやくばかりだった。

三ヶ月後。岐阜で祝言を挙げたことを告げる手紙と写真が檸檬茶館に届いた。いつもの席で、保と女店主と三人で顔を寄せ合い、写真を見た。森くんはキリッとしていて、花嫁衣装の夕顔さんは、とても綺麗《きれい》だった。

保が胸ポケットから覗く二十日鼠を撫でながら「お似合いだねぇ」と言った。女店主も「二人とも幸せそうに笑ってるじゃない」と微笑んだ。

ぼくだけ黙っていた。檸檬茶館を出て、角を曲がったところで、しゃがんで、泣いた。

二年経ち、一八九四年になった。

この年の始め、朝鮮半島で農民反乱が起こった。その鎮圧のために清が兵を送りこんだが、朝鮮半島に清が進出することは、日本の国防には不利益だった……。我が日本もあわてて兵を送り、清軍と睨みあったが、肝心の農民反乱がすぐ収まったため撤兵を余儀なくされた。

しかし、清軍はそのまま朝鮮半島に居続けた。日本だけ撤兵したのは外交上の失敗だった。仕方なく、日本海軍は九州北部や対馬に軍艦を配置。朝鮮半島から清軍が上陸してこないよう警戒を続けることとなった……。

そんなこの春。ぼくはというと、級友たちから一年遅れで帝大を卒業。銀行に勤めた。このころ、父の石油ランプ販売業が下り坂になり始めた。電気の普及が進むことを見越し、どこも父への融資を渋るようになったのだ。いつも自信に満ちていた背中が、だんだん縮んで見えた。

さて、ある日のこと。

疲れて帰宅すると、三田村家の玄関前に近所の人が集まっていた。あわてて「どうかしましたか」と聞くと、黙って指差された。汚い格好をして髭ぼうぼうの男がばったりと行き倒れている。やがて巡査まで駆けつけ、「君、この男は知り合いかね」とぼくに詰問した。

おそるおそる髭をかき分けてみたものの、見覚えがない。ぼくが首を振りかけたとき、男がしゃがれ声で「俺は、俺は辿りついたんだ。伝説の砂漠の王国に……。年を取らない都に……」と奇妙なうわごとを言い始めた。「知らない人です。お巡りさん、連れていってください」「そして〝火の鳥〟を、み、みつけて……」「な、何だって？」とぼくはおどろき、男の顔をもう一度よく見た。

別人のように老けこんでいるが、どうやら大滝探検隊の隊長、大滝雪之丞らしい……。

父の知人だと訂正し、巡査の手伝いで客間に運びこんだ。やがて父も帰宅し、大滝雪之丞を前に、いささか途方に暮れて正座した。

父によると、四年前のあの夜、やはり大滝探検隊に資金援助したのだという。だがそれきり音《お》沙汰《さた》がなく、すっかり忘れていた、と。大滝は予期した以上の苦労をしてタクラマカン砂漠を渡ったらしく、切れ切れに「誰も年を取らない都があった……。湖の畔に……。人間も動物も植物も、幸せな王国だった……」と話した。

「そこには美しい王女がいた。マリアさんだ……。王女が〝火の鳥〟を守っていた……。でも俺は〝火の鳥〟がほしくて……。心優しい乙女を裏切っちまった。あの人を、こ、殺したんだ。いまもこの手にマリアさんが事切れた時の感触が残ってる……。俺は、俺はよ、そりゃあ山師だが、三田村さん、あんたみたいな小金持ちのおっさんに取り入って銭を引き出すのがお得意で……か弱く純粋な乙女を、犠牲にしたことは、なかった」

と大滝は大粒の涙を流し、自分の頭を叩いて、

「俺は俺が思ってるような男じゃなかった！　もう〝火の鳥〟の力なんて金輪際いらん！　こんなもんはおいていく！　くそっ。あばよ、おっさん！」

そう叫ぶと、大人の拳ぐらいの大きさの何かを入れた風呂敷包みを握り、畳に投げつけた。そして足をもつれさせ、三田村家を飛びだしていった……。

——月光に照らされる砂漠の廃墟、楼蘭王国。緑郎を始めとする火の鳥調査隊の面々は、焚き火を囲んで腰掛け、固唾《かたず》を呑んで三田村要造の告白を聞いていた。

と、マリアが苦しげに起きあがり、「待ってください……」とささやいた。

「こんな話はうそです。わたしは大滝雪之丞なんて男は知らない。楼蘭王国にきたのは、犬山と、この間久部少佐たちだけです。信じてください……」

緑郎がマリアと三田村要造の顔を不思議そうに見比べる。猿田博士はマリアの額に浮かぶ汗を

甲斐甲斐《かいがい》しく拭きながら、

「いや、マリアさん。三田村さんはいま嘘をつくことができん。さきほどの貴女《あなた》と同じでな。我々が開発した自白剤は効き目抜群なのじゃ」

「でも……。わたしはほんとうに知らない……」

三田村要造が苦しそうに笑って「楼蘭の笛吹き王女マリアよ。おまえは理由あって、その身に降りかかったたくさんの恐ろしい出来事を忘却したのだぞ……」と言った。その不吉な声色に、マリアだけでなく、芳子や正人まで思わずぶるっと体を震わせた。

「よし、話の続きを聞こう。それからだ」

間久部緑郎の声に、一同がうなずく。

タクラマカン砂漠の凍れる夜に、三田村要造の低い声が、再び響きだした……。


「もう〝火の鳥〟の力なんて金輪際いらん！　こんなもんは置いていく！　くそっ。あばよ、おっさん！」

と大滝雪之丞が叫び、大人の拳ぐらいの大きさの何かを入れた風呂敷包みを畳に投げつけた。そして足をもつれさせて三田村家を飛びだしていった。

父とぼくは困惑し、黙って顔を見合わせた。

やがて父が「あいつ何か置いていったぞ。要造、おまえ開けてみろ。べ、べつに怖いわけではないがな」と命じた。ぼくは渋々風呂敷包みに手を伸ばした。

ゴロ、リ……。

と、焦茶色の乾いた塊が転がり出てきた。

「ぎゃっ、赤子の首だぞ!」

と父が目を剝き、悲鳴を上げた。

「まさか。動物か何かでしょう。お父さん」

「じゃあ確認しろ! 要造、は、早く!」

と、父が煙管の先で盆の縁を叩きながら言った。ぼくはこわごわ手に取って、よく見た。

手のひらに乗る大きさの球体で、カラカラの割には重たかった。眼窩《がんか》らしき穴が二つ洞窟《どうくつ》のように空いている。口部分には嘴状《くちばしじょう》の尖ったものが……。

「なーんだ、鳥ですよ。ほら、嘴があるもの」

「何っ、鳥……?」

と、父がすっと顔色を変えた。

「見せろ。まさかとは思うが〝火の鳥〟の首かもしれんな。なにせ調査隊には大金をつぎこんだのだ。元金ぐらいは取り戻したいものだぞ……」

と茶色い塊を受け取り、顔の前にうやうやしく掲げて観察しだす。

でも、いくら見ても、それ以上何かわかるものではなかった。父はあきらめ、「要造、おまえが調べろ。腐っても帝大出だ。学者連中にツテがあるだろう」とぼくに鳥の首を渡した。そして煙管を吹かしながら「わしはもう寝る」と寝室に姿を消してしまった。

毎日正午ぴったりに、皇居の砲台が時計がわりにドンと空砲を撃つ。ぼくは翌週月曜、早引きし、そのドンの音とともに職場の銀行を出た。日本橋から本郷まで乗合馬車に揺られ、帝国大学のキャンパスに向かった。

本郷の赤門を潜るのは卒業以来だった。緑茂る広々とした敷地を歩き、理科大学の建物を目指す。卒業生である森漣太郎くんのツテを頼り、動物学の教授と会えることになったのだ。

動物学研究室は四階建て木造ビルの二階にあった。着物姿の白髪の教授と若い門下生たちに出迎えられた。

事情を話し、鳥の首のミイラを見せると、教授は「ふーむ」とミイラを顔の前に掲げてくるくる回転させ始めた。「これは……鳥じゃ。キジ科の孔雀《くじゃく》に似ておる。うむ、印度孔雀かのう」としばし考えこんだが、すぐあきて、「とにかく鳥の首を乾かした物だな」と言うなり乱暴に放り投げた。

ぼくが「わっ」とあわてて受け取ったとき、人類学の教授が「お茶菓子があれば分けてくれんか」と言いながら入ってきた。長い白髭を生やした大柄な老人だった。ぼくの話を興味深そうに聞き、「ふむ。猿の手やウサギの尾など、動物の体の一部を咒《まじな》いに使う風習は、世界中にあるがな」とつぶやき、鳥の首を受け取って熱心に観察しだした。

「では鳥の首を咒に使う民族もいるのですか、先生。たとえばユーラシア大陸などに……？」

と、ぼくは期待を込めて聞いた。

「さぁ、知らんな」

教授もあきて鳥の首をポイッと放り投げた。ちょうど窓が開いており、鳥の首は外に消えてしまった。

「わーっ」

ぼくは大慌てで、挨拶もそこそこに動物学研究室を飛びだした。階段を二段飛ばしで駆け下り、外に出て、きょろきょろする。砂利敷きの小道に転がっているのをみつけ、「あった！」と駆け寄ったとき……。

——ドカーン！

すぐ近くで爆発音がした。

研究室のビルの向かいにある木造の小屋が爆発し、折れた板、粉塵、火の粉が空に舞いあがった。ぼくは腰を抜かし、目をぱちくりさせて煙を見上げた。

でも小道を歩く学者や帝大生たちは、不思議なほどおどろく様子がなかった。「また工科大学か」「エレキテルバカだな」「田辺は天才だが大成する前に爆発で死ぬぞ」と口々にぼやきながら通り過ぎていく。

「えっ、田辺……？　エレキテルバカ……？」

と、ぼくが首をかしげたとき。

真白な粉塵の舞い散る中から、汚れた白衣に身を包んだ小柄な青年がゆっくり現れた。胸ポケットから覗く二十日鼠の頭をクリクリ撫でながら、

「おや、ヨーちゃん？　卒業以来だな。まさか研究室に遊びにきてくれたのかい」

と微笑む。なんと、田辺保だった。ぼくは「やぁ、やぁ、タモっちゃん」と大喜びで駆け寄った。

保は帝大工科大学を首席で卒業後、中央官庁に入省。出向の形で母校の研究室に戻った。今は発電機、電車、工業用モーター、エレベーターなど、電気工学の技術発展のため日夜働いているとのことだった。大胆すぎる仮想を元に実験するため、研究室の建物は、月に一度は爆発する。そのたび「建築を学ぶ学生が小屋を作ってくれるのさ。英国式やらフランス風やら、さまざまな建築法の実践だと言ってね。ありがたいねぇ」とのことだった。

爆発した小屋の奥の、比較的無事な部屋で、実験の合間に遊びで作った自動人形《オートマタ》も見せてくれた。

腰ぐらいの高さの女性型鋼鉄人形が、お茶を載せた盆をカタカタ運んでくる。鋼鉄製の四角い顔には、墨でへのへのもへじが書いてあった。

「へぇ。こうしてタモっちゃんと一緒にいて、自動人形とはいえ、女性給仕がお茶を運んできてくれると、なんだか学生時代みたいで懐かしいね。……ぼくはどうしたって檸檬茶館の夕顔さんを思いだしちゃうよ」

と、人形を見ながらつぶやくと、保は驚いたようにぼくの顔を見た。それから「そうか。しか

し、あのころからずいぶん経ったねぇ」と感慨深げに言った。

久々にキャンパスを訪ねてきた理由を話し、保にも鳥の首のミイラを見せた。すると保は「けったいな話だなぁ、君！　あはははは」と意外なほど面白がり、鳥の首を受け取って観察し始めた。またポイッと放られるのではと警戒したものの、保は顔を近づけたり、手のひらで温めたり、匂いを嗅いだり……いつまでも飽きることなく鳥の首をみつめ続けている。

「……ただの干からびた鳥の首かもしれないし、未知のエネルギーを秘めた超生物かもしれないってわけか。ずいぶん両極端な賭けじゃないか。そういうの、好きだな」

と小声でつぶやく。それから顔を上げ、

「ヨーちゃん。〝火の鳥〟の首、このぼくに預けてみないかい？」


ぼくは鳥の首のミイラを、帝大工科大学に出向中の田辺保に託し、三田村家に帰宅した。まだ夕方なのに、父ももう帰ってきていた。薄暗い居間でぼーっと煙管を吹かしながら、ぼくを見上げ、「どうだった？」とかすかな期待を込めて聞いた。

「キジ科の孔雀に似た何かの鳥の首だって。あまり興味を持ってもらえませんでしたよ」

「そうか……」

「その後、田辺保くんと会って。しばらく預かりたいと言われ、渡してしまいました」

父は「ふん」とつぶやくと、ゴロリと横になり、

「あぁ、何もかも馬鹿馬鹿しい！　今日も金策のため駆けずり回ったが、芳しくなかった。火の鳥、か……」

ぼくは居間を出て廊下を歩きだした。そのとき父の悲しげな声が聞こえてきた。

「未知の力を持つ妖獣なんて、いるわけない……。人生ってのは、甘くない！　そんな凄いものが、俺たちの生きるこのせせこましい世界に、いるわけないんだ……！」

そして月日は過ぎ、三年後。一八九七年。

ぼくは二十六歳になっていた。銀行の上司から、取引先のお嬢さんとの縁談を進めるようにと強く言われ、ゆううつな日々となっていた。

三田村家は、ビール製造業への投資失敗で、さらに負債を増やしていた。父は日に日に痩せ細っていた。着古した着物姿で、煙管を吹かし、「世の中甘くねぇなぁ……」とつぶやくのが癖になった。

どうやら、ぼくが思うより事態はかなり深刻で、悪化の一途を辿ったようだった。というのは、ある夜半、父がぼくを揺り起こし、ひどく真剣な顔で、

「要造。もうだめだ。夜逃げするぞ！」

「えっ？　お父さんが？　これが今生の別れ……」

「ばか！　おまえも一緒だ。借金取りは息子の職場にも押しかけるからな」

なるほど、そうなれば銀行なんて一発で首だ。ぼくは動揺したけれど、心の隅で、これで気の進まぬ縁談から逃げられる、とも考えた。寝ぼけ眼をこすりながら家財道具をまとめ、裏口からそーっと運びだす。宵の空には紫の月が出て、どこかの庭で犬が鳴いていた。

荷車に積み終わったとき、表玄関がガラガラッと開く音がした。すわ借金取りがきたかと、父が「ひゃっ……」と悲鳴を上げる。

しかし、玄関から聞こえてきたのは……。

「ヨーちゃーん！　おーい、ヨーちゃーん！　三田村要造くん！　夜中にすまんな。起きろ、起っきろぉ！」

ぼくはあわてて廊下を駆け、玄関の三和土にひらりと飛び降り、なぜかそこに仁王立ちしていた田辺保に飛びかかると、彼の口を両手で押さえた。

保は腕を振り回してじたばたした。やがて顔からぼくの両手をひっぺがすと、町中に響き渡るような声で、

「大発明だぁ！〝火の鳥〟だぁ！　ヨーちゃん、見てくれよ。ぼくが完成させた……」

「いま、夜逃げするところなんだよ。お、お、親父の借金が……。しーっ、タモっちゃん。静かにしてよ」

「――〝エレキテル太郎二号〟を！」

と保がビシリと外を指差した。

町内のあちこちで犬が遠吠えし始めた。ぼくはあわてて外に飛びだし、保が指差すものを見上

げた。

それは……この世で見たことがない、あまりにも奇怪な姿をした鋼鉄の塊だった。

荷車に黒い四角い鉄の箱が載せられている。箱部分が胴体のようで、上部に向かって鉄製の長い首が伸びている。一番上には鳥の頭のような鉄球が載っている。顔には墨でへのへのもへじが書いてある。

首の部分はまるで鉄骨製の油圧式エレベーターのようなゴツゴツしたデザインだった。胴体から透ける内部は発電機のモーターに似ていた。モーターの中央に〃火の鳥〃の首が納められている。脚の部分には電車の車輪に似たものがついていた。

胸には目盛が四つ並び、胴体にはレバー。胴の左右には鋼鉄製の大きな翼。

まるで〃火の鳥〃を内部に宿した鳥型の自動人形《オートマタ》のようだった。同時に、帝大工科大学の研究開発をごった煮にした最新電気工学のキメラでもあり――。

鋼鉄のキメラを降ろし、保と客間に運びこんだ。

保はしゃれた紙巻煙草をくわえ、マッチで火をつけると、うまそうに吸い始めた。

と、父が裏口から戻ってきて「なんの騒ぎだい、要造……」と聞いた。煙管を片手にそっと客間を覗く。

「おや、こんばんは！　お久しぶりです、三田村さん。……なんと、まだ煙管なんて使ってるんですか。洋装には紙巻煙草のほうがだんぜん合いますよ」

「タモっちゃん、しーっ……」

保は紙巻煙草を父に一箱くれた。父はありがたそうに受け取り、背を丸めて一服しだした。

「それにしても家財道具がないぞ。三田村さん、何があったんです?」「だからタモっちゃん、夜逃げ……」「まぁいいや。ともかくこれをご覧あれ!」と、保は鋼鉄鳥人形〝エレキテル太郎二号〟を誇らしげに指し、

「ヨーちゃんから〝火の鳥〟の首を預かってから、苦節三年。ぼくはついに大発見をしました。時を限定的に手中にし、過去への小旅行を可能にしたのだ……。さて物理学ではこう言う。宇宙は……。時とはつまり……」

難解すぎて、ぼくにも父にも何の話かよくわからなかった。第一、借金取りがくると思うと気が気じゃない。父は「よくわからんが帰ってくれ。田辺くん、俺はエレキテルは好かんよ。そのせいで石油ランプがすたれ、うちはこのザマだ」と言うと、裏口に消えようとした。

保があわてて「待ってください! えぇい、詳しい説明は後だ。まずは実験を見てもらおう」と叫んだ。それから「これはペットの〝エレキテル太郎一号〟です」と胸ポケットから二十日鼠を取りだし、床に置いた。

そして、何の脈絡もなく突然、二十日鼠をぎゅっと摑むと、首をへし折った。

父が「あわわっ」と悲鳴を上げる。

保は二十日鼠を床に放りだすと、鳥人形に近づき、胸部分の目盛を回した。紙巻煙草をくわえたまま、鋼鉄の背に飛び乗る。「さぁ、ご覧あれ、我々は、エレキテル太郎一号が生きていた、一分前の世界に、旅を……」ともごもご言い、レバーを引いた。一瞬、部屋の中でいろんな色が

光り、目の奥がひどくチカチカした。

おやっ……ぼくは目を瞬いた。保はいつのまにか鳥人形から降りていた。口元の煙草が少し長くなったように見える。まるで時が少しだけ戻ったように……。

ちゅう、ちゅうちゅう！

ぼくの足元で二十日鼠が鳴いた。生き返り、元気に歩き回っている。

保が得意満面で「いやぁ、どうです」と笑いかけた。

「どうって、田辺くん……。俺には手品を見ているひまなんてないんだ。本当にもう帰ってくれないか」

「てっ、手品じゃありません！　物理工学ですよ。三田村さん、あなたが手に入れた〃火の鳥〃の首には、時を限定的に過去に戻すというとんでもない力があったのです。ぼくの理論では最高七年……。もちろん本当に長い時間を戻すわけにはいきませんが、理論的には正しい。四つの目盛が、年、月、日、時間でして……」

と保が目盛をぐるぐる動かしながら訴えるが、

「寝言はやめてくれんか！　田辺くん。さては君も金目当てのペテン師かね。生憎《あいにく》うちにはもう一銭もない」

「ちがう！　失敬な！　ぼくは科学と産業の発展に人間社会のロマンを見ているんです。だからこそ日夜こうして研究と実験を繰り返し……」

「ふん。惨めな奴だ。考えてもみろ、時が巻き戻ったりするわけないじゃないか。きっと十年、いや二十年経っても、君は同じ戯言《たわごと》を言ってるのだろう。何がロマンだ。もうたくさんだ。――夢見る者《ドリーマー》は負け犬《ルーザー》だ！」

父の言葉に保は顔色を変えた。長い付き合いのぼくでさえ一度も見たことのない表情で、父を睨みつける。

それから鋼鉄鳥人形〝エレキテル太郎二号〟によじ登ると、忿怒に真っ赤に染まる二つの目を見開き、「そ、そ、そんなに言うなら、見せてやるぞ……」と呻いた。

両手で背のレバーをぐいっと引く。

鋼鉄鳥人形が、鋼の翼をギ、ギ、ギギーッ……と広げ始めた。保は危険な笑みを満面に浮かべ、

「――不死鳥《フエニックス》よ、飛べ《フライ》！　あーははは！」

不吉な笑い声が、三田村家の客間に響いた。

鋼鉄鳥人形が、ギ、ギ、ギギッ……と重たげな音を立て、漆黒の翼を開いた。気味の悪い灰色の煙が立ちこめた。これまで嗅いだ覚えもない、何とも言えないいやな臭いも充満する。見たことない色でできた不思議な虹《にじ》がチカチカ光りだした。

「タモっちゃん！　君、だっ、大丈夫かい……」

とぼくが心配で叫んだとき。

――ドカーン！

爆発音と共に、地面が揺れた。

ぼくの脳裏に、三年前に帝大で聞いた（また工科大学か）（エレキテルバカだな）（田辺は天才

だが大成する前に爆発で死ぬぞ）という声が蘇った。爆風に飛ばされ、もがきながら、いつしか意識を失って……？

その二「いざさらば！」

「……ケホッ、ゲホホッ」

と、ぼくは咳《せき》こみつつ起きあがった。

いつのまにか薄暗い自室で布団に寝かされていた。爆発で気絶して、誰かに運びこまれたのだろうか。

おや、家財道具一式も部屋に戻ってるぞ……？

体が重く、頭もぼんやりした。腹が痛いのに気づいてあわてて便所に向かう。足元がふらついた。なんだか七年前に大腸カタルで寝込んだときみたいな体調だ……。

便所に入っていると、誰かが廊下をバタバタ走ってくる足音がした。「要造！　いるか。おい、要造！」父の声だ。「便所です」と返事をすると、ドアを叩いて「早く出てこい」と急かす。

渋々出ると、父が真っ赤な顔で、新聞を掲げ、

「日付を見ろ！　これ、今日の新聞だぞ！」

「はい、お父さん。……えっ？」

新聞の日付は一八九〇年四月のものだった。つまり七年前ということだ……。

保の〝火の鳥〟の首には、時を限定的に過去に戻すという、とんでもない力があったのです。ぼくの理論では最高七年……）という言葉が思いだされた。

でもすぐ「いやいや、まさか」と首を振った。「二人でぼくをからかってるんでしょう。おーい、タモっちゃんもいるのかい？　出てこいよ」と辺りを見回す。

父はじれて地団駄を踏んだ。ぼくを引っ張って廊下を歩き、玄関の三和土に降り、門から飛びだす。

向かいの家の番犬が、七、八年前にもらわれてきた当時の、むくむくの子犬の姿で吠えかかってきた。ついで、学ランを着て勉学に励んでいるはずの近所の青年が、半ズボン姿の子供に戻り、友達と走り過ぎた。二年前に火事で焼けたはずの角の米屋も、まだあった。

ぼくは驚き、混乱して、思わず父の手をぎゅっと握った。父も震えながら握り返してきた。

「まさか、お父さん。こんな手の込んだ悪戯《いたずら》、わざわざするわけない。で、で、でも……」

「要造、おまえ、気づいたか？」

「えっ、なんにです？」

「時間が戻ったことに気づいているのは、俺たちだけらしいってことにさ。みんないつも通り暮らしてるじゃないか！　つまり……」

父はゴクリと唾を呑んで、

「〝火の鳥の力について知らない人間は、時が巻き戻ったことに気づかない〟ということだよな？」

その言葉に、ぼくが「なるほど」とうなずいたとき。

米屋の角を曲がって、前輪が大きい達磨《だるま》型自転車にまたがった誰かが、すごいスピードで飛ばしてきた。田辺保だ。顔を歪め、目を血走らせて「どうだぁ！　これでも科学のロマンを否定するつもりか！　三田村さん。夢見る者は負け犬だと、まだ言うかぁ！」と喚いた。

父が打って変わってニコニコして「すごいじゃないか、田辺くん、いや田辺工学博士！　君は天才だったんだなぁ」と言うと、保はあっさり機嫌を直した。三田村家に上がってきて、客間に腰掛け、

「あの装置、存外単純な仕掛けなんですよ。時の本質をつかむ、それこそが複雑さより重要でしてねぇ。またすぐ作れますよ、ほら」

と、設計図をさらさらと描いてみせた。物理や電気工学の専門知識がないぼくでもざっと理解できる、明快で単純な図だった。ふと不思議になり、

「でもタモっちゃん、脚のところの車輪は何だったの？　首のミニチュアのエレベーターは？　鋼鉄の翼は……？」

「そんなの、飾りさ」

と保は胸を張った。

その横で、父が暗い横顔を見せ、ぼそぼそ独り言を言い始めた。「時を巻き戻せるってことは、自分だけ未来を知れるってことじゃないか……？　これは大儲けができるぞ。火の鳥調査隊への投資額の回収どころじゃない。ひ、ひひ、ひひひ！」と妙な笑い声を上げる。

ぼくはまた腹が痛くなり、二人を客間において便所に駆けこんだ。そこでふと「あれ。七年前に戻れたってことは、もしかして……」と、ある可能性に気づいて息を呑んだ。

大慌てで便所から飛びだす。

客間を覗くと、保は満足そうに腕組みし、鋼鉄鳥人形の設計図をうっとり眺めていた。父はうろうろ歩きまわっては、「待てよ。また時を巻き戻そうと思ったら、火の鳥の首が必要になるぞ。首はいまどこだ？　そうか。七年前にあった場所か。つまりタクラマカン砂漠の彼方にあるのだな。そして、首の場所を知るのは大滝探検隊の大滝雪之丞くんだけ……」とつぶやいていた。それから血相を変え「今日の日付は？　大滝くんに火の鳥調査隊の資金援助を約束したあの夜の、二日後か。ということは、調査隊は再び砂漠に旅立つのだな。よし、いいぞ！」と叫んだ。

ぼくは、一人そっと客間を出た。

往来で乗合馬車をみつけ、急いで乗りこんだ。馬車がカッポカッポと走りだした。

日本橋の街に橙色の夕日が落ち、川沿いには七年前の桜が激しく咲き誇っていた。


ぼくは銀座で馬車を降りると、大腸カタルで弱った七年前の十九歳の体を引きずり、引きずり、檸檬茶館に向かった。

店の様子はちっとも変わらなかった。思い出で胸がいっぱいになり、ぼうっと立ち尽くしていると、扉が開いて、夕顔さんが箒《ほうき》を握って出てきた。「あら。おととい田辺さんと森さんといらしたお客さんね。途中で倒れちゃったのよね。もう大丈夫なの？」と聞かれる。ぼくは「は、はい」とあたふたうなずいた。夕顔さんは「三田村さん、だったわよね。あら、顔にまた何かついてる」と笑顔で手を伸ばしてきた。「水？　ちがった……」と首をかしげ、

「……涙。涙だわ」

「ぼく、ひっく、おととい、あなたに言いたかったことが、あって。ひっく、言いに、きました」

「えーっ。それでまたきてくれたの？　なぁに」

「あなたは、その、絶世の美女だって！」

夕顔さんは体をくの字にして大爆笑し、箒でぼくの尻を軽く叩いて、「そんなわけないわ。おかしな人！　泣いてるし、一体なんなのよ」と言った。ぼくも「いやぁ、なんでしょう……」と恥ずかしくてうつむいた。

こうして、二回目の十九歳の春が始まった。

ぼくは帝大法科大学に復学した。法律は一回目の世界で十分学んだので、今度は政治を専攻した。

熱心に政治を学ぶうち、「日本は欧米の大国、中でもヨーロッパの覇者——大英帝国を模倣すべきである」と考えるに至った。このころの世界は〝パクス・ブリタニカ（イギリス中心の繁栄）〟

を誇っていた。大英帝国とそれに続くドイツ帝国、フランスなどが、産業を発展させ、兵力も増強し、アジアやアフリカに植民地をどんどん増やしていた。

明治維新前の日本、徳川幕府が治めていた古き良き日本は、鎖国し、大きくも小さくもなろうとせず、現状維持する島国だった。でももうそんなやり方は通用しない時代だ！　武器を取り、頭脳を使わねば、我が祖国も遠からず欧州の帝国の植民地にされてしまうだろう。戦うことこそ唯一の防御法なのだ。

ぼくは次第に、「我々もアジアの覇者――大日本帝国にならねばならぬ！」という強い信念を持つにいたった。

二回目の一八九〇年において、ぼくはこうして政治の勉学に励む一方、金曜の夜は、前と変わらず銀座の檸檬茶館で食事をした。

父は、一回目の世界でビール製造販売業への投資に失敗した教訓を生かし、二回目の世界では別の事業に投資した。昨今人気の紙巻煙草の製造販売業だ。父は売れ筋の〝鬼瓦煙草《おにがわら》〟という銘柄に全財産を賭け、順調に資産を増やした。〝鬼瓦煙草〟の創業者は大阪出身の元浪曲師、道頓《どうとん》堀《ぼり》鬼瓦。ヒョットコのような顔をした痩せた男で、浪花節《なにわぶし》の腕はそうよくなかったが、商才はあった。父とも親しくなり、日本橋の三田村家によく遊びにきた。

資産が増えるにつれ、客間の調度品も日に日に豪華になった。木彫りの熊と鮭、甲冑、鷲の剝製、鹿の首、地球儀……。そしてある日、父が「要造。買い戻したぞ」と誇らしげにあるものを見せてきた。元は武士だった父が、身分制度がなくなったとき手放した日本刀……。床の間に飾り、ぼくと肩を組んで、父は長い間、黙って刀をみつめていた。

そして二年が過ぎ、再び一八九二年の春がきた。

ぼくは、記憶にあるその日、朝から落ち着かず、そわそわしていた。夕方早めに檸檬茶館に行った。いつも通り、夕顔さんがフロアで働いていた。でもしばらくすると、裏口辺りで誰かと揉め始めた。女店主も「何の騒ぎだい」とぼやきながら出てきた。

夕顔さんと言い合いをしているのは、二人組の男だった。夕顔さんの実家は広島の旧家で、代々の長子が不思議な力を継ぐ〝千里眼〟の家系らしい。ところが長子が双子として生まれ、不吉だからと、姉の朝顔《あさがお》だけ残し、妹の夕顔を捨ててしまった。だが先日、姉が顔に大怪我をしたため、妹と取り替えようと、東京まで探しにきたのだ、と……。

「いまさら何さ！　一度に二人も子供を持てるなんて幸運なのに。こんどは姉ちゃんを捨てる気かい！」

と、夕顔さんが顔をびしょびしょにして泣いた。女店主ももらい泣きしている。そこに、カラン……と表のドアが開く音がした。制帽に学ラン姿の森漣太郎くんが、マントをひるがえして颯爽と入ってきた。

ぼくはあわてて夕顔さんと男たちの間に割って入り、

「ゆ、夕顔さん。ぼ、ぼ、ぼ、くと、あの、その」

「注文は後にして！」

「け。け、けけ、結婚を一つ」

夕顔さんは気づかず、女店主が「夕顔ちゃん、あんたいま結婚を申し込まれたのよ」と説明してくれた。夕顔さんは涙を拭き、「えぇー！　要造くんからぁ？」とちょっと顔をしかめた。

一回目の世界では、この日、夕顔さんは森漣太郎くんに結婚を申し込まれて快諾し、岐阜に旅立った。やっぱりぼくじゃだめか、と肩を落とし、後ずさった。

と、森くんが進み出て、

「いい話じゃないか。ぼくはお似合いだと思うぞ」

「あら？　そう言われると、悪い気がしないな。要造くんいい人だし、あたし、ずっと好きよ。それじゃ要造くんのお嫁さんになろっかなぁ」

女店主も「夕顔ちゃん、大変、玉の輿《こし》よ。三田村興産の一人息子だもの」と言う。

二人組の男が何か怒鳴りだし、夕顔さんの右腕を乱暴に引っ張った。ぼくが「やめろ！」と、女店主が「何すんのさ！」と反対側から引っ張って止める。夕顔さんは右腕を男たちに、左腕をぼくらに引っ張られつつ、「人生流転ね。おもしろい。受けて立とうじゃないの……。乗るわ、玉の輿！」と言った。ぼくは手を離し、「え、えっ」と夕顔さんの顔を見た。

そこに、カララン……とドアが開き、田辺保が入ってきた。

夕顔さんが、今度は森くんじゃなく、ぼくと結婚することになったと知ると、保も「え、えっ？」とぼくの顔を見た。それから頭を抱えて「なな、何これ？」とひどく悩みだした。

こうして二回目の世界のぼくは、夕顔さんと学生結婚し、三田村家の奥の和室で所帯を持った。森漣太郎くんは一人で故郷の岐阜に帰郷した。ほどなく、幼なじみの女性と祝言を挙げたと聞いた。銀座の檸檬茶館で、保のもとに届いた祝言の写真を、夕顔さんと女店主と四人で見た。大きな目をした可愛《かわい》らしいお嫁さんで、夕顔さんも女店主も「お似合いね」「こりゃ美男美女ねぇ」とうなずいていた。この日の保は妙に無口で、始終うつむいていた。

翌一八九三年。父がまたもや破産しそうになった。アメリカ産の葉を使ったハイカラな紙巻煙草が大流行しだしたのだ。〝鬼瓦煙草〟は、国産製品を守るため税率を変えるようにと政府に要請したものの、断られ、たまらず倒産。投資していた父もまた破産した。創業者の道頓堀鬼瓦は、泥酔して道頓堀橋の欄干によじ登り、お上への恨み言を浪花節で唱え、やんやの喝采《かっさい》を浴びた後、「いざさらば！」と叫んで飛び降りた。翌朝、川底に冷え冷えと沈んでいるのが発見された。

夕顔さんは「人生流転ね。だいたい、玉の輿なんてうますぎる話と思ったの」と言って、ぼくの学費のために檸檬茶館でまた働きだした。翌一八九四年春、ぼくは帝大を卒業。商社に就職した。父の借金返済のため、夫婦ともに働きづめの毎日だった。

父は、盟友だった道頓堀鬼瓦の死から、すっかり元気をなくしてしまった。客間に、四年前に保が書いた設計図をもとに作り直した鋼鉄鳥人形〝エレキテル太郎三号〟を鎮座させ、毎晩「大滝雪之丞くんはまだ帰らないか……。火の鳥調査隊はまだか……。あぁ、また時を巻き戻してやり直したいよぅ……」と唱え続けた。

二つ目の鋼鉄鳥人形は、車輪も長い首も大きな翼も省略し、四角い箱に剝製《はくせい》の鹿の頭を載せただけの簡易型だった。翼の代わりに団扇《うちわ》を二本差していた。

　こうしてぼくらの人生は、一回目とちがう道を辿っていったが、国家と世界は変わらず同じ歴史を刻んだ。

　この年の始め、一回目と同じく、朝鮮半島で農民反乱が起こった。その鎮圧のため、清が兵を送った。だが朝鮮半島に清が進出することは、日本の国防には不利益すぎた……。そこで日本も兵を送り、清軍と睨みあったものの、肝心の農民反乱がすぐ収まったため、撤兵を余儀なくされた。

　しかし、清軍はそのまま朝鮮半島に居続けた。日本だけ撤兵したのは、外交上の大、大、大失敗だ！　仕方なく、日本海軍は九州北部や対馬に軍艦を配置。朝鮮半島から清軍が日本に上陸しないよう、警戒を続けることになったのだった……。


　この年のある夜。ぼくと父は、破産寸前鍋と名付けた魚のアラと野菜屑《くず》の水煮を、無言で咀《そ》嚼《しゃく》していた。妻の夕顔は檸檬茶館に働きに出て留守だった。そこに田辺保が訪ねてきて、胸ポケットから覗くペットの二十日鼠を撫でながら、「まずそうな飯だなぁ。はい、お土産」と魚の白身と豆腐が入った袋を畳に置いた。

　父が喜び、白身と豆腐を鍋にドボンと入れた。鍋ごと客間に移動し、保のぶんのお椀と箸も出す。日本酒を飲みながら喋っているうち、保が次第に怒りだした。ここ四年、ぼくの興味は妻の、父の興味は銭勘定のことばかりだというのだ。

「そりゃ、ぼくがカッとなって時を巻き戻したのが、そもそもいけなかったんです。そいつはわかってますよ、三田村さん。だけどこの四年、あんたたち親子がやってきたことは何だ。親父さまは投資。しかも失敗。息子は惚れた女のことばかり……。ヨーちゃん、かつてあんなに熱心に国の未来を語っていた君が、国のためにも世界のためにも、なぜ何もしようとしないんだ……？」

保は目に涙をため、「君らが改心しないなら、ぼくは〝火の鳥〟の力について世間に公表し、三田村親子の罪も告発しようじゃないか。とくにヨーちゃん、君は、けっしてしてはいけないことをした……」と呻いた。

「ほんとうなら夕顔さんは、森漣太郎くんと岐阜で幸せに暮らしていたはずなのに。ヨーちゃん、君は、終身刑の愛の強奪犯さ」

「そんな！　彼女、ぼくとだってそれなりに幸せそうに暮らして……」

「ばかいえ！　こんな時間まで働かされ、日に日にやつれてるじゃないか。ヨーちゃん、君はもうぼくの知る心優しい青年じゃない。泥棒だ！　確かにこの世に存在した、一つの、貴い、ある愛を盗んだんだ！」

保の告発に、ぼくは腰を抜かし、身動き一つできなくなってしまい、

「タモっちゃん、ぼくは……。いや、君の言う通りだ。ぼくは夕顔泥棒だ……」

とがっくり肩を落とした。

友と呼べる男は、保ただ一人だった。取り返しがつかなくなった今になって、友を失いたくないと強く願った。ぼくは「仕方ない。妻にも、森漣太郎くんにも、世間にも、告発してくれ。ぼくは一人で孤独に暮らす。それこそ終身刑だ……」と震えながら言った。

保もうなずき、涙を拭いて、

「ヨーちゃん、ぼくは、君を軽蔑する。友を友と思えないとは、生涯もっとも苦しい日だ。三田村要造よ、いざさらば！」

と踵を返し、客間を出ようとした。

そのとき父が音もなく立ちあがり、「田辺くん」と声をかけた。保が「なんです」と振りむくと、

「そうはさせんぞ！　天《てん》、誅《ちゅう》！」

父が日本刀を振りかぶった。

刃がギラリと石油ランプの炎を反射する。

保の左肩から右腹にかけて、刀が斬り裂いた。赤黒い鮮血がザーッとほとばしる。

父は刀を握り直すと、体重をかけて突進し、「天、誅！　天、誅！」と喚きながら保の腹を串刺しにした。

「タモっちゃーーーーーん！」

生臭い血を浴びながら、ぼくは大絶叫した。腰を抜かしたまま畳を這って近づき、「と、友よ、友よ！」と抱きかかえた。保は絶命していた。ぼくは亡骸《なきがら》を抱いて「ごめんよ。ごめんよ。もう

二度と君の信頼を裏切るもんか。悪いことなんてするものか」と唱えた。「だから起きてくれ。タモっちゃん。また檸檬茶館で会おう。ぼくは、ぼくは、永遠に君との青春を繰り返したい……もうそれだけでよい……」そう呻くぼくの傍らで、父が血走った目をカッと見開き、大の字にばったり倒れた。

玄関が開く音がした。誰かやってきたようだ。ついで「三田村さんよぅ！」と男の野太い声がした。

「俺だぁ！　とうとう帰ってきたぞ。俺、俺は、辿りついたんだ！　タクラマカン砂漠の……伝説の王国……年を取らない都、楼蘭によぅ……」

ぼくははっと顔を上げ、耳を澄ました。男の声が続いた。「〝火の鳥〟がほしくてよぅ……俺は、俺は、悪いことをしちまったんだ。親切にしてくれた、心優しい乙女を、手にかけちまった……」と。こ、これは……。ぼくはゆっくり立ちあがり、廊下を歩きだした。

玄関に髭ぼうぼうのやつれきった男が立ち、風呂敷包みを差しだしていた。また面変わりしているが、火の鳥調査隊の大滝雪之丞に間違いなかった。「俺は、美しい王女マリアさんを騙し、裏切り、これを盗んだ！　俺は俺が思ってるような男じゃなかった！　こんなもの金輪際いらん！　なぁ、三田村さ……。うわーっ？」と、血まみれのぼくの姿に気づいて悲鳴を上げた。

ぼくは大滝雪之丞から風呂敷包みを受け取った。中から、二つの眼窩がぽっかり空いた鳥の首のミイラが、ごろんっと出てきた。「おい、その血は何だ……？」という声に答えず、ぼくはふらつきながら客間に戻った。

涙がとめどなく流れた。

ぼくは、客間に鎮座する鋼鉄鳥人形〝エレキテル太郎三号〟の箱の扉を開けると、火の鳥の首のミイラを入れた。「う、うっ、うっ……」としゃくりあげながら、胴体部分によじ登り、両手でレバーを握った。

客間には、日本刀が突き刺さったままの保の凄惨《せいさん》な遺骸《いがい》と、寝転がる父。廊下からは大滝雪之丞が「こりゃ何だ！」とこちらを見上げていた。と、父が何か言い始めた。「待て。要造、胴体部分の目盛を確認しろ……。まず戻る時点の年月日を設定し……」と聞こえた。

でもぼくは涙で前が見えず、心ももう何も聞こえなかった。「タ、タモっちゃんを、いっ、いっ、生き返らせるんだ！　あの日の二十日鼠みたいに。タ、タモっちゃんに、生きていてほしいんだ。ぼく、ぼくは。行っくぞぉぉ！」レバーを握る手に力を込める。父の「よせぇ！　要造、待て……」という声が耳に遠く聞こえた。

ぼくは滂沱の涙の大豪雨の中、レバーを引いた。

「フェ、フェ、うっ、フェニックス！　うわあぁぁ、フラーイ！　う、うわあぁぁーん！」

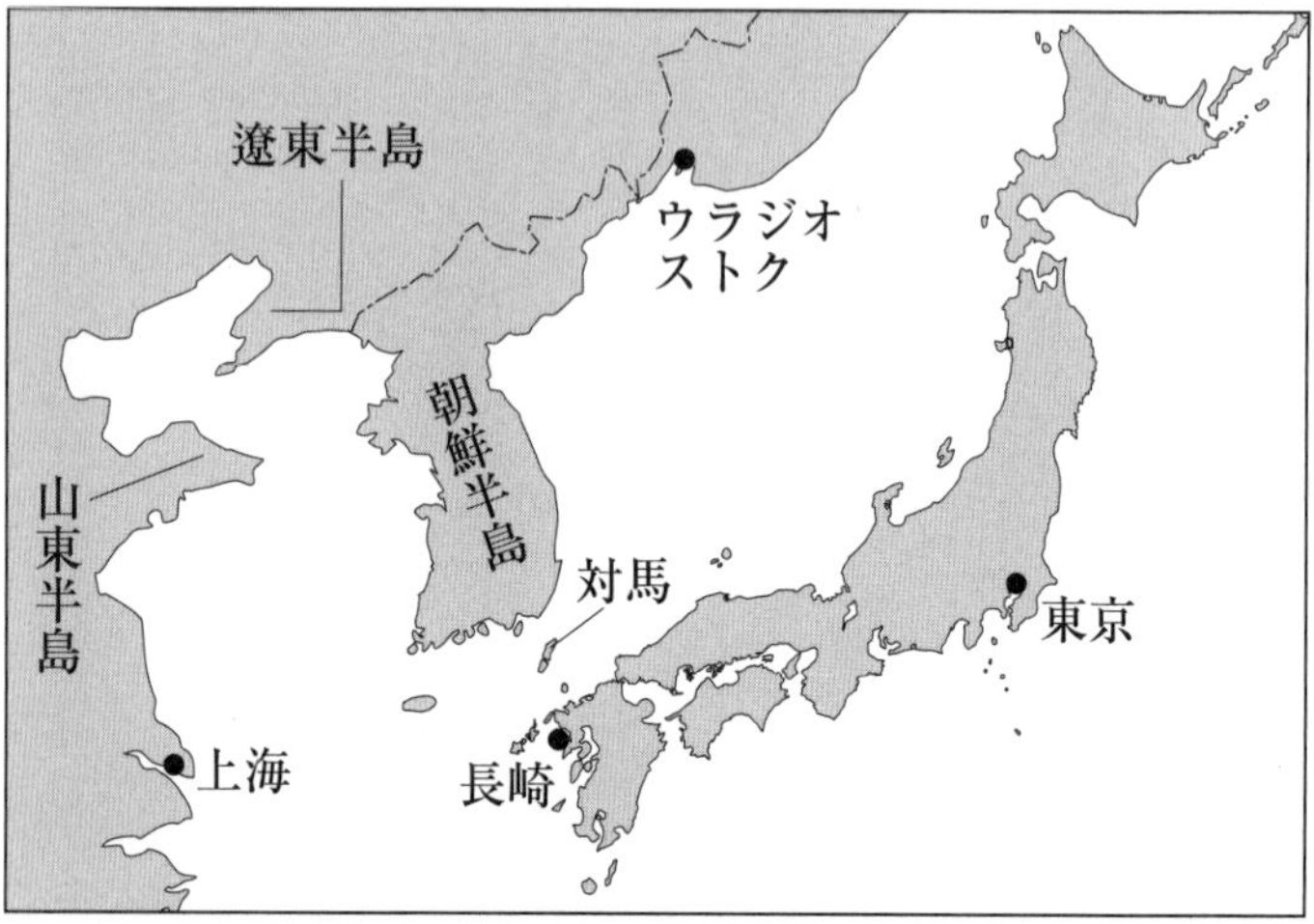

その三「死んでやるから……」

「……で、あるからして、朝鮮半島は〝日本列島の脇腹に突きつけられた匕首《あいくち》（短刀）〟と呼ばれる、極東の重大な軍事拠点で……」

――はっと気づくと、ぼくは白壁の眩しい教室に座っていた。教壇に見覚えのある講師が立ち、黒板に書かれた朝鮮半島の地図を指して、

「……そして、朝鮮半島の左側にある、円を作る左手の人差し指と親指みたいなのが、遼東半島と山東半島。この三つの半島は、軍事上極めて重要である。なぜなら〝港を制する国が海を制する〟ためで……。おや、三田村くん。質問かね？」

「へっ？」

ぼくは右手を挙げていた。講師に質問しようと

していたところらしい。

帝大のキャンパスで、受講中……ということは、ぼくはまだ学生なのだな。では、いまは……？

「せ、先生！　いまは何年何月でありますか」

「明治二十五年（一八九二年）十一月だが。なぜそんな質問を……。あっ、おい三田村くん。どこへ行く？」

ぼくは「失礼！」とあわてて立ちあがった。ばたんと転ぶ。すぐ起きあがり、教室を飛びでて、足をもつれさせ走りだした。

外は寒くて、息が白く染まった。冬だった。

今度は、約二年、時が巻き戻ったのだ。三回目の世界はもう始まっていた。

乗合馬車を停め、田辺保が勤めているはずの官庁に向かった。でも部外者は中に入れてもらえない……。あきらめ、保の下宿がある浅草に向かった。木造二階の部屋の前で、寒さに震え、友の帰還を待った。

夜になり、階段を誰かが上ってくる音がした。廊下の古い床がミシミシ揺れた。

「あれ、ヨーちゃん？　どうしたんだい。就職してからご無沙汰してた。久しぶりだなぁ」

と、懐かしい声がした。

振りむくと、田辺保が屈託無い笑みを浮かべて立っていた。着古した外套《がいとう》の胸ポケットから二十日鼠を覗かせている。鼠が「ちゅう……」と鳴いた。

「手が氷みたいじゃないか！　早く入れよ。ほら、火鉢のそばにこい」

と四畳半の下宿に招き入れられる。壁は天井まで本棚で埋まり、物理や工学の専門書がぎゅうぎゅう詰まっていた。火鉢を囲み、手を寄せあって温めながら、

「改めて、結婚おめでとう。ヨーちゃん」

ぼくの声が「でへぇっ！」と裏返った。

そのとき、階段を上がってくる誰かの足音がし、床が揺れた。足音が廊下の奥で止まった……。

「まさかヨーちゃんが一番に所帯を持つとはなぁ。ぼくも夕顔さんを紹介した甲斐があったよ。ねぇ、覚えてるかい？　君は『絶世の美女だ』と言ってさぁ……」

ぼくはうんうんとうなずいた。

どうやら、時が巻き戻って生き返ったものの、保は一連の出来事をすっかり忘れてしまったようだった。〝火の鳥〟の力のことも。いまは三回目の世界で、一回目では、ぼくが夕顔さんと結婚できなかったことも。

それがなぜかはわからなかった。でも、友から軽蔑されていないことに安堵《あんど》し、自然と涙が浮かんだ。

動揺しながらも、しばらく保とさまざまな話をし、もう遅いからと、下宿を辞した。

挨拶し、廊下に出て、扉を閉める。一人で階段を下り始めたとき、廊下の奥の陰から、死神のように、真っ黒な羽織姿の父が出てきた。「お、お父さ……」父はぼくの口を塞《ふさ》ぎ、もつれあって階段を下りると、往来に飛びだし、「俺も、心配で田辺くんを探しにきたんだ。外で会話を聞

いたぞ」と早口で言った。そして血走った目をカッと見開き、

「要造、貴様も、気づいたか」

と血相を変え、ぼくに詰め寄った。

冷え冷えとした冬の夜が、ぼくら親子を包みこんでいた。往来の電灯が、父が話すたびチカチカ明滅した。息が白い。耳も凍えて、ちぎれそうに痛い。

「なな、何にです？　お父さん」

「〝時を巻き戻す前に死んだ人間は、次の世界で生き返ったとき、力のことを忘れている〟ということさ」

「なっ……」

「だって、田辺くんは火の鳥のことも、己が鋼鉄鳥人形を開発したことも、周りの状況が変わったことも、何一つ覚えてないじゃないか」

ぼくはこわごわうなずいた。

鉄道馬車に乗り、日本橋に戻った。馬車に揺られながら、父は目を細めて暗く笑って、

「これで、火の鳥の秘密を知る者は、この世に二人だけとなった。俺と、息子だ。なぁ、要造、おまえはけして親を裏切るな。田辺くんみたいに、この俺に逆らったりするなよ。あぁ、破産する前の世界に戻れた。見ろ、月も出ているぞ。最高の夜じゃないか」

ぼくは、父がそばにいることに、子供のような安堵を感じた。同時に、保を殺したときの恐ろしい姿も忘れられず、膝が震えた。誰よりよく知っていたはずの我が父のことを、これまでにな

く、近くも、遠くも、感じたのだった……。

——星々の降るタクラマカン砂漠。楼蘭遺跡に少しずつ夜明けが近づくにつれ、凍《い》てついた空気も暖まってくる。焚き火が小さくなり、消えかけていた。

間久部緑郎が腕を組んで立ち、語り続ける三田村要造を、何とも言えない奇妙な目つきで見下ろしていた。川島芳子は柱にもたれて物憂げに空を見上げ、猿田博士は強張った表情を浮かべうつむいている。正人はなぜか涙を溢れさせては手の甲でゴシゴシ拭っていた。

マリアが唇を噛んで「なるほど。前の世界で死ぬと、時が巻き戻って次の世界で生き返ったとき、前の世界のことを忘れてしまうのか」とつぶやいた。恐ろしげに顔をしかめ、

「わたしが、この男曰《いわ》く八回目の世界以前のことを忘れているのは、そのせい……。わたしは楼蘭で幾度も殺された……」

三田村が「うむ……」と低くうなずいた。

と、猿田博士が立ちあがり、「三田村さん、一回目の世界と二回目の世界は、我々が生きることの十五回目の世界と、歴史が異なる部分があるようじゃ」と言った。

緑郎も「フン。そのようだな」と進み出て、

「一八九四年、我が日本は朝鮮半島で清の軍と戦い、見事勝利を収めたはず。——〝日清戦争〟だ！　でも、一回目と二回目の世界では、日本は朝鮮半島から撤退。日清戦争が起きていない

……？」

三田村は黙って緑郎と猿田博士の顔を見比べ、なんともいえない不気味な微笑を浮かべた。博士がぞーっと身震いする。

間久部緑郎は「ともあれ、話の続きを聞こうじゃないか。夜もまだ明けないようだぜ。ほら……」と星降る夜空を指し、その指をパチンッと鳴らしてみせた。


三回目の世界が疾走しだした。時は止まらず、ぼくは日々を必死で生きた。帝大では前回までとはちがう科目を選択し、勉学に励んだ。

父は、前の世界の記憶をもとに投資先を増やした。三田村興産は急成長。父は息子のぼくに、帝大卒業後は就職せず、商売の片腕となることを望んだ。

大滝雪之丞率いる火の鳥調査隊は、今回も、すでに二年以上前の一八九〇年にタクラマカン砂漠に旅立っていた。火の鳥の首は、前回の一八九二年にあった楼蘭に、今回もあるはず。だから後は大滝の帰還を待つだけだった。

新たな鋼鉄鳥人形〝エレキテル太郎四号〟は、ぼくの記憶を元に装置部分を復元し、父がデザインすることとなった。単純明快な設計図だったことが幸いし、数ヶ月でぶじ完成。三田村家の床の間に飾られた。

今回は、四つの目盛がついた鋼鉄の四角い箱とレバーのほか、上部に剝製の鷲の頭、左右に鷲の灰色の翼を接着したデザインとなった。生々しいグロテスクさと鋼鉄の冷たさが入り交じる奇々怪々なシロモノで、ぼくは〝エレキテル太郎四号〟の不気味な姿に、父の内なる怪物性を見るように思った。

日々は平和に過ぎたが、ぼくは内心苦しんでいた。毎週金曜の夜に田辺保が訪ねてきて、ぼくたち夫婦と食卓を囲み、お酒を飲むのだが、そのたび、ぼくの耳には、前の世界で保が放った、

（ヨーちゃん、君は、終身刑の愛の強奪犯さ）

という告発の言葉が、暗く木霊するのだった。

ある夜、耐えきれなくなり、「ねぇ、お夕ちゃん」と妻に頭を下げた。「ぼくと、その、あの、別れて、べつの、もっとふさわしい男の妻に、その、なって、くれないか」妻はきょとんとした顔で振り返った。それから「人生流転ね……」と一言つぶやき、白目を剝いて、気絶した。

ぼくの周囲は上へ下への大騒ぎとなった。檸檬茶館の女店主が「こんなものぉ！」と三田村家の玄関の扉を足で蹴り開け入ってきて、「お、お金持ちの、御曹司だからって、女をなんだと思っちょる！　おケラか！　虫ケラか！」と喚いてぼくを追いかけ回した。妻は寝込んで痩せ細り、女店主から知らせを聞いた保も駆けつけて、「何事だい？　ヨーちゃん、君は一人の女性を大切にする真面目な男とばかり思っていた」と説教を始めた。「そうじゃなくて……」とぼくはあわてて、

「タモっちゃんは、思わない？　えーっと、そのぅ、親友として、正直な気持ちで答えてほしい」

「ぼくより、森漣太郎くんのほうが、お夕ちゃんとお似合いだと思ったことが、一度でも、ないか」

「……はい？」

と保は顎が外れそうなほど口を開けてぼくを見た。「ないよ。って、どうして森くんが出てくるのさ？」と首を振り、額と額をくっつけて熱まで測り始めた。

ほどなく、保から噂を聞いた森くんからも、岐阜からはるばる電報がきた。〝キミガケッコンヲモウシコンダトキボクガ……〟見たことないぐらい長文の電報だった。よく読むと〝君が結婚を申し込んだときぼくが助け舟を出して仲を取り持った。こんなことになるなんて残念で歯ぎしりが止まらない。どんな性悪女に引っかかり、我らの夕顔さんを捨てようとするのか。許さないぞ〟とある。保も電報を読み、「森くんは困ってる人を放っちゃおけない性分でね。だから助け舟を出してくれたんだろうよ」とうなずいていた。

ぼくは小さく「そうか……」とつぶやいた。

妻に「その、ぼくは、君にふさわしくないと思いこんでしまって」と謝った。妻はようやく起きあがり、上目遣いにぼくを睨みながら、ズルズル、ズルズル、音を立てて重湯を飲んだ。飲み終わると、弱々しい声で、

「あたしは、生まれてすぐ、親に捨てられた。もう二度と、誰からも、捨てられたかぁない。あんたに、捨てられるなら、死んでやるから……」

「そんな、お夕ちゃん！　捨てやしないよ。ぼくは二度と馬鹿なことは言わないからね……」

耳の奥に、妻の声（死んでやるから……）と、友の声（泥棒だ！）が、ワンワンと木霊した。

ぼくは八方ふさがりとなった。つまり、これこそ、終身刑か。


翌一八九三年の初夏。父は、国産煙草の製造販売業が斜陽となる直前、〝鬼瓦煙草〟の株をすべて売り払った。多額の現金を手にし、別の投資先に全額投入。三田村興産は短期間で巨大化した。父は「商売ってぇのは面白れぇもんだな、要造よ。会社は、成長し続ける生き物で、現状維持ってわけにゃいかん。俺は武士より性に合うぜ」と、酔っ払っては繰り返した。

ある朝。ぼくが三田村家の中庭で、井戸の水をかぶったり乾布摩擦したりしていると、木塀の向こうからヒョットコみたいな男がひょいと顔を出した。先ごろ倒産した〝鬼瓦煙草〟の経営者、道頓堀鬼瓦だ。盟友だった父を恨んでいないのか、不思議なほど屈託ない笑顔で、

「やぁ、坊ちゃん。お父さまはいなさるかい？」

と笑いかけられたとき、ぼくは背筋がゾーッとした。前の世界の彼が、道頓堀橋から身投げして死んだことを知ってたからだ。あわてて裏木戸から招き入れ、客間に通した。父を起こし、顔を洗わせ、着替えさせ、客間に戻ると、鬼瓦は三味線をやけに重そうに抱えて座っていた。「三田村さん、あたしゃ破産しましてねぇ。いーや、自業自得よ。あんたはなんも言わんでええ。最後に一席聴いてくれはりますか」ペーン、と小気味よく三味線を鳴らし、浪花節を唸りだした。

「大阪でぇ、生まれぇ、商売をぉ、始めぇ、税金をぉ百万円もぉ、払ったときもぉ、あったぁ……」

やはりあまり上手くなかった。ぼくも父も神妙な顔で聴き始めたものの、次第にぼーっとしてしまった。「……この恨みぃ、忘れないぃ。挽肉《ひきにく》にして道頓堀のぉ、泥鰌《どじょう》の餌にぃ、してやろか！」えっ、と顔を上げると、鬼瓦は立ちあがり、三味線を振りかぶって、

「裏切り者め！」

父もはっと我に返り、両手で頭を庇った。「三田村ぁ、貴様を道連れや！　共に渡るで。道頓堀は三途の川やぁ！」と鬼瓦が喚き、父の頭に三味線を振り下ろす。ゴスッと鈍い音がした。鬼瓦は笑い声を上げ、裸足で中庭に飛び降り、あっというまに姿を消した。三味線が転がっている。裏に鉄板が仕込まれ、重かった。

「お、おお、お父さーんっ……！」

と駆け寄ると、父の左後頭部がぱっくり割れて、中が少し見えていた。妻に助けを呼ぶよう指示し、父の顔を覗きこんだ。父は目を見開き「要造、要造、俺の息子はどこだい……」とうわごとのように言った。

「ここです。お父さん、ほら、手を握ってます」

「目が、見えん！　よく聞け。俺はもうだめだ……」

「そそ、そんなこと言わないでくださいよぉ！」

「落ち着いて聞け！　三回目の世界では、だめだ……」

「そんなこと……。へっ？」

「いいか……。ほどなく、ひ、火の鳥調査隊の大滝雪之丞くんが、帰ってくる……。また時を巻き戻せ、要造！　今度は、ちゃんと目盛を確認するんだぞ。お、俺を生き返らせろ……。だが、俺はここで一度死んでるから、きっと〝火の鳥〟のことも、世界が何度も繰り返されていることも、忘れちまってるだろう。だからおまえが、俺に、最初から全部、教える、ん、だぞ……」と震えて言った。

父の声がどんどん細くなっていく。ぼくは「お、お父さ、お父さんしっかり……」

「要造よ……。おまえ一人じゃ、むりだ……〝火の鳥〟の力を使いこなすのは、荷が重い……。俺ぁおまえが心配だ！　気は優しいが、冴えたところがない。喩《たと》えるなら、おまえは鳥。鳥は、鳥は……〝鳥は鳥カゴで餌を待て〟……」

ぼくは「はい、はい。お父さん……そうします……」とうなずいた。

客間に医者や警官、近所の人が集まり、騒然としだした。父はぼくの服の襟《えり》を摑み、ぼくの耳元で、

「これは別れじゃないぞ。四回目の世界で、また会おう。俺は父、おまえは息子。父子一蓮托生《いちれんたくしょう》だ」

と、おどろくほどはっきりした口調で言い、目をカッと見開き、絶命した。

しばらくの間、警察の捜査、父の葬儀、新聞取材などで、ぼくは寝る間もなくなった。道頓堀鬼瓦は故郷の大阪に逃走。「いざさらば！」と道頓堀川に身投げしようとしたところ、通りかかった地元の火消しに身柄確保されたとのことだった。ぼくは、ぼくは、極度の混乱状態に陥った。もちろん、目の前で起こった惨劇にショックを受けもしていたが、それ以上に、〝火の鳥〟の力について自分しか知らないという状況がおっかなかったのだ。

だって、二回目の世界では保と父が、今回の三回目の世界だって、先日までは、父がいてくれた。今ではぼくだけなんて、そんなの、責任重大すぎるじゃないか。

ぼくは毎日客間に籠って、床の間に飾られた〝エレキテル太郎四号〟を見上げ、しくしく泣いた。「大滝雪之丞は、まだ帰らないか……。火の鳥調査隊はまだか……。あぁ、早く時を巻き戻して、お父さんを復活させなくちゃ……」保も心配して駆けつけてくれ、泣きむせぶぼくを囲んで、右から妻が、左から保が、涙を拭いてくれた。

保が、四角い鋼鉄の箱に剝製の鷲の頭と翼を取りつけた鋼鉄鳥人形を見上げ、あきれ声で「それにしても何だいコレ？　目盛が四つついてるね」と聞いた。その言葉にぼくはますます涙を流し、「あぁ、君は、君はすべて忘れてしまったんだ！」と叫んで昏倒《こんとう》した。やがて目を覚ますと、枕元の妻の手を握って「お夕ちゃん、君はほんとは森くんと祝言を挙げるはずだったのだ」とつぶやいた。妻はあきれ、「なんて戯言でしょ！　こんな時じゃなかったら許さないわよ」とへそを曲げた。

ぼくはこの年の秋を、三田村家からあまり出られず過ごした。周囲から不審がられてしまうので、余計なことを口走るのをやめ、おとなしく火の鳥調査隊の帰還を待った。毎日、父を復活させることばかり考えていた。それと、もう一つ……。

二回目の世界で、保は時を巻き戻すことが可能な期間は（理論上、最高七年……）だと説明した。ということは、もし、妻に結婚を申し込んだ一八九二年の春より前に時を戻せたら……？ ぼくは盗んだ愛を返せるのでは？ 罪びとではなくなるのでは……？

それにしても、大滝雪之丞が帰ってくる気配はなかった。ぼくは伏せりがちの毎日で、じりじり待った。

中庭の柿の木に実が生《な》った。妻がもいで軒先から吊《つ》るし、干柿を作った。秋がオレンジ色に深まった。ある夜ぼくは、二回目の世界で保が（君は、国家のためにも世界のためにも、なぜ何もしようとしないんだ……？）とぼくを責めた言葉を思いだし、真っ青になり、布団からガバッと起きあがった。

書斎に這っていき、紙と筆を出し、自分の記憶にある限りの、これから日本に起こるはずの外交上の出来事を書き並べた。半紙十枚以上の長さとなった。次に、外交上してはいけないこと、するべきことを、こちらは自分の理論として記した。書き終わったとき、ちゅんちゅんとスズメの鳴き声がし、障子越しの朝日が差しこんできた。ぼくはふらつく体で中庭に出て、裏木戸を開け、久しぶりに三田村家の外の空気を吸った。そして書き終わった紙を入れた封筒をポストに投函した。

宛先は日本政府の陸軍省だった。

よろよろと帰ってきて、裏木戸を抜け、中庭を横切って縁側から家に入り、布団に潜り、本当に久しぶりに熟睡した。昼に起きると、ズルズルと音を立てて重湯を飲んだ。うまかった。妻が「あぁ、よかった。きっと元のあんたに戻ってくれると思ってた」と涙ぐんだ。

柿の葉がすべて落ち、裸になった木に、はらりと雪が落ちた。冬だ。そして年が明け、翌一八九四年の正月がやってきた。

ピーヒャラピーヒャラ……ピーヒャラ……！　帝都日本橋の路地にお囃子《はやし》が響く。獅子舞の獅子が踊り回り、子供たちの揚げる凧《たこ》は冬の大空に舞いあがっていた。家々の玄関先には門松が飾られ、晴れ着姿の女性が行き来している。

ぼくと妻は、近所にある田辺保の実家にお邪魔していた。保の両親は他界し、兄夫婦が家を継いでいた。兄夫婦や親戚の子供がご馳走の並ぶ客間に集まり、和気藹々《わきあいあい》としていた。

妻は庭で保の兄嫁と羽根つきをし、顔にマルやバツの落書きをしあって、大笑いしていた。帰り道、「やだわ、絶世の美女が台無しじゃない」と言い、また笑った。ぼくは妻が楽しそうなのでうれしかった。

夕刻だった。田辺家を辞して、小さな十字路を二つ曲がると、もう三田村家。一転し、うちは静かだった。

気づくと、いつのまにか獅子舞の獅子が一匹ついてきていた。大きな赤い頭に緑の風呂敷マント。中に入っているのは一人らしく、獅子のくせに二足歩行で、妙にとぼとぼ歩いている。ぼくが玄関先で振りむくと、獅子も足を止めた。

くぐもった声で、

「……三田村要造くんかね？　帝大法科大学の」

「はい？」

「私は陸軍大臣、大山巖《おおやまいわお》である」

獅子舞の格好をした男がそう言い、頭の被り物を取ろうとした。しかしなかなか取れず、じたばたした。ぼくと妻は左右から手伝ってやりながら、そっと顔を見合わせた。「いたずらだろうねぇ」と小声で囁くと、妻も笑いをこらえ、「きっと中身は保くんよ」と囁き返した。

ようやく被り物が取れた。

中から、真ん中に大きな鼻が鎮座する、五十がらみの男の四角い汗まみれの顔が、現れた。妻は「あら、保くんじゃないわ。どなた？」と首をかしげたが、ぼくは仰天し、思わず獅子の頭を落っことした。新聞で見慣れた陸軍大臣その人だったのだ。

な、なぜぼくなどのところに陸軍大臣が？

大山巖は懐から何か取りだしてみせた。あの日、ぼくが一晩で書きあげて投函した日本政府陸軍省宛の長い手紙だ。ぼくは「あ……っ」と叫び、あわてて大山巖を客間に通した。妻に頼んでお茶を出してもらい、かしこまって、正座した。

「三田村くん。君の手紙を読ませてもらった。当初は、お父上を亡くして錯乱し、妄想を書き連ねたものと思われていたが、その後、政治上の出来事のすべてが当たっていることがわかった。しかも細かい数値までじつに正確に予言されていると」

「あぁ、えっと、そのぅ」

大臣の鋭い眼光を前に、ぼくは腰を抜かしかけ、言葉に詰まるばかりだった。しかし続けて「そこで政府はくまなく調べた。君の周辺をな」と言われると、ぼくは「あぁ……」と心の底から安堵を感じた。

では政府が〝火の鳥〟の力について知ったのだ！　ということは、もう秘密を知るのは自分だけじゃない。つまり、この重圧から、解放される……。ぼくは「そうなんです、閣下！」と勢いこんだ。そしてここまでのこと……火の鳥調査隊の大滝雪之丞、鋼鉄鳥人形の出現、時を二回も巻き戻したから今は三回目の世界だということを、一気にまくし立てた。

と、大山巖が大きな鼻をゴリゴリ掻いて、

「君は何を言っとる。やはり錯乱しとるのかね？」

「え、えっ……？」

「そんな荒唐無稽な話を信じると思うかね？　もうばれておるから、そんな隠さんでいい。三田村夕顔――君の細君が予言しておるのだろう」

「えーっ」

「調べはついておる。三田村夕顔は広島で有名な千里眼の家の娘だとな。つまり、君ではなく、細君が、未来視をしておるのだ」

そのとき襖《ふすま》の向こうから、小さく「えーっ」という声がした。妻だ。ぼくは襖を少し開けて「だめでしょ、お夕ちゃん!」と妻を叱って追っ払った。それから襖の前に立ちふさがり、冷汗をだらだら垂らして大山巌を見下ろした。相手は冷徹な表情でぐっと見返してくる。

自分は大変なことをしてしまった。つ、妻が軍に連れていかれてしまう……。ぼくはありったけの勇気をかき集め、声を張りあげた。「ぼ、ぼくが、妻の言葉を伝えます。妻はぼく以外には何も話さないのです。ぼくは軍に全面的に協力する。だから、妻にだけは、て、て、手を出すな……」と相手を睨みつけた。

「ふむ。……ひとまずよかろう」

大山巌が、長い手紙を開き、今年前半に起こることを書き記した部分を指した。「ここだが」とギロリと目を見開く。ぼくは「はい……」とうなずき、さらに詳しく予言した。

今年の初め、朝鮮半島で農民反乱が起きること。反乱が野火のように広がり、朝鮮政府が清に助けを乞うこと。清が兵を差し向けること。そして……。

「待て。朝鮮半島に清が兵を送る、だと? それは困る! 朝鮮半島と九州北部は非常に近い。清にせよ欧米列強にせよロシア帝国にしろ、朝鮮半島で力を増されると、日本はたちまち危険にさらされるぞ」

「はい。そのため日本政府も、農民反乱を収めるという名目で、やはり朝鮮半島に兵を送るのですが」

「うむ、そうなるだろうな」

「ところが農民反乱はほどなく収まるのです。朝鮮政府は、清にも日本にも帰ってくれと言いました」

「そうなると、帰らざるをえんな」

「いえ。日本は帰りますが、清のほうは朝鮮半島に兵を置き続けるのです。日本は九州北部に海軍を常駐させ、清への警戒を続けるはめになります」

大山巌は「うーむ、それはいかん」と唸った。ゆっくり立ちあがり、廊下に出る。歩きながら、

「つまり、このとき、日本だって朝鮮半島から帰らなければいいわけだな？　なるほど。まぁ、一つの意見として聞いておこう。また近々訪ねてくるぞ」

玄関で、大山巌を見送った。

遅れて妻も出てきて「あの方どなた？　あ、あたしの話、してなかった……？」と不安そうにぼくにぴったり寄り添った。凍える風がぴゅっと吹いた。日がどんどん暮れて、冬の夜が辺りに真っ黒にたれこめた。


この年の初め、ぼくの予言通り、朝鮮で農民反乱が起こった。反乱の規模が大きくなり、女帝たる西太后率いる清が朝鮮に兵を送った。日本も負けじと兵を出した。

だが、農民反乱はほどなく収まり、朝鮮政府は清にも日本にも撤兵してくれるよう頼んだ。一回目と二回目の世界では、ここで日本は兵を帰した。しかし、三回目である今回は、ちがった。

日本は撤兵せず、朝鮮半島で清の兵と睨みあいを続けた。

ぼくが書斎でそれらの新聞記事を読んでいると、妻が覗いて、「朝鮮は可哀想ね。自分の家でべつの家の人たちが睨みあってるんだもの……」とつぶやいた。そんなふうに考えたことがなく、ぼくは少し驚いた。

季節は巡り、夏になり、中庭に向日葵《ひまわり》が黄色く咲き誇った。日本と清は、同時に撤兵しようという交渉を続けたものの、決裂。日本政府はついに清との開戦に舵《かじ》を切った。朝鮮の王宮を占領し、傀儡政権を樹立。そして清に宣戦布告したのだ。

朝鮮半島を戦場に、日清戦争が始まった。

ぼくは毎朝、新聞の配達が待ちきれず、中庭で乾布摩擦しながら、じりじりした。届くと、縁側で開き、くまなく読んだ。

ここ約十年、日本は国家一丸となって軍備拡張に努めてきたが、清のほうは、西太后の贅沢三昧が祟《たた》り、国庫が干上がっていた。つまり日本にも勝機はあった。ぼくは手に汗握って戦況を追いかけた。

だが……。

ある朝、新聞を開き、あっと声を上げた。

大英帝国が清と同盟を結び、朝鮮に派兵したのだ。清軍との戦いに疲弊していた日本軍は、イギリス軍にたちまち蹴散らされ、後退を余儀なくされて……。

「キャーッ！」

「ま、待ってください。妻を、妻を連れていくな！」

夜半過ぎ。三田村家に突然、軍人たちがズカズカと足を踏み入れた。大山巖は、変装なのか、能面を被り、濃紫の振袖を羽織っていた。ゆっくり面を外しながら、「内閣総理大臣伊藤博文の命で、貴様の細君、三田村夕顔を国家徴集する。帝国の危機だ。貴様、何を泣く。恥を知れ。我が国にはこの千里眼女が必要なのだ」と怒鳴る。近所の犬が一斉に遠吠えを始め、辺りは騒然とした。

ぼくは、「お夕ちゃーん。ちがう、ちがう……」と大山巖の足にかじりついた。妻は仰天してポロポロ涙を流している。考えろ。お夕ちゃんを救え。救うんだ。脳が熱され、今にも火の粉を噴きそうだった。ぼくは必死で、

「閣下。お待ちください。えっと、その、妻の言葉は、あの、ぼくしかわからないので！」

「一体なぜだ？」

「えぇっ？　その、えーと、そうだ、夜の睦言《むつごと》の時、予言をつぶやき、本人は覚えてなくて、だから……？」

嘘をつきなれておらず、しどろもどろだった。大山巖はぼくの顔をじっと見て「なるほど。わかった。……何を赤くなっとる。中学生か」とため息をついた。

「時間がない！　貴様、細君の予言を報告しろ。そもそも予言を信じて朝鮮から撤兵しなかった

ため、日清戦争が起こり、大英帝国を敵に回してしまったのだ。つまり……貴様らの未来視には重大なる責任がある！」

大山巌が軍人たちを連れて帰ると、ぼくは書斎にこもり、必死で頭を絞った。

だが、しかし、考えようがなかった……。一回目と二回目の世界とはもう歴史が異なっているからだ。前は戦争なんて起こらなかったし、このあと日本がどうしたらいいか、ぼくにわかるはずがない……。

台所のほうから妻の泣き声がかすかに聞こえる。ぼくは歯を食いしばり、帝国大学法科大学生としての自分なりの予想と、有効と思われる戦術をまとめた。夜が明けると、自ら日本政府に出向き、渡した。

こうして一晩でまとめた偽物の予言を、日本政府がどれだけ本気で受け止めたか、実行に移したか、じつはよく知らない。というのは、ぼくはすっかりおじけづいてしまい、新聞に目を通さなくなったからだ。

ほどなく日本軍は、朝鮮半島においてイギリスと清の連合軍に敗退。ぶざまに白旗を揚げた。清は日本に多額の賠償金を要求した。イギリスは清からのお礼として、山東半島と、遼東半島の先端を租借地（国同士で借りて統治する土地）として受け取った。つまり、清よりもずっと恐ろしい大英帝国が、極東の重要地点を二つも手に入れてしまったのだ。対して日本は、借金を抱え、一気に貧しくなった。

家に籠っていても、騒然として暗い町の空気が充分に伝わってきた。ぼくは、今にも日本政府からのお咎めがくるのではと怯えきって暮らした。

三回目の世界では、父は殺されるし、日本は戦争に負けるし、ぼくはクタクタだった。肩を落として客間に入り、鋼鉄鳥人形と仏壇に飾られた父の遺影を前に、

「やっぱり、お父さんがいない世界でがんばるのは、厳しいですよ……」

とつぶやいた。(おまえ一人じゃ、むりだ……)(荷が重い……)という父の言葉を思いだし、しんみりしていると、ふいに真横で「親父さん、殺されたんだって。ひっでぇ話だな」と男の低い声がした。

ぼくはぎゃっと叫び、隣を見た。いつのまにか、髭ぼうぼうで全身真っ黒に汚れた男が仁王立ちし、父の遺影をみつめていた。火の鳥調査隊の大滝雪之丞だった。

「どっ、どこから?」

「どこって、玄関から。なぁ坊ちゃん、事件のこと聞いたぜ……。線香をあげさせてくれよ」

大滝は仏壇に線香をあげ、手を合わせ、長いこと目を閉じていた。やがて目を開け、「俺なんかにポーンと銭を出してくれてよ。ありがとな。気っ風のいい男だったぜ」としみじみつぶやいた。目の端に浮かんだ涙を拭いて、立ちあがり、帰ろうとする。ぼくは見送ろうとしてはっと気づき、「あ、あのっ、何か、持って帰りませんでしたか。砂漠から……」と声をかけた。

大滝は「そうだそうだ」と言い、丸い風呂敷包みを無造作に差しだした。あわてて開くと、鳥

の首のミイラがごろっと出てきた。三回目の世界の大滝雪之丞は、一回目と二回目より落ち着いて見えたので、ぼくはさらに踏みこんで「で、どこにいたのですか。探されていた、その……〝火の鳥〟とやらは?」と聞いた。

大滝は、客間に飾られた舶来物の大きな地球儀に近づき、力を込めて、回した。すると目の前で世界がぐるぐるぐるぐる回りだした。ぼくは目眩がして立っていられないような気持ちだった。やがて世界がゆっくりと止まると、大滝雪之丞は巨大なユーラシア大陸のタクラマカン砂漠の一点を指し、「ここだ。楼蘭王国だ。神殿の祭壇に祀《まつ》られ、王女マリアが守っていた」と言った。

大滝が「じゃあな」と帰っていった。

ぼくはさっそく〝エレキテル太郎四号〟の四角い鋼鉄の箱を開け、鳥の首のミイラを入れた。これでいつでも過去に戻れるようになった。さて、ゆっくり考えよう……と思ったとき、今度は、玄関の開く音がはっきり聞こえた。大滝が戻ってきたのかと思い、「どうしました、大滝さ、ん……」と顔を出す。

暗い玄関に、能面をつけた男がぬっと立っていた。濃紫の着物を羽織り、帯刀している。

ゆっくりと面をとる。

大山巌であった。

ぼくは青くなり「あの、でも、ぼくも、日本のためを思って、した、ことで」と言ったつもりだったが、恐怖でかすれ、ほとんど声にならなかった。「貴様は清のスパイだったのか。未来視の力を利用して我が国を陥れたか」「ち、ちがっ」「誇りを持った日本人か」「もちろんです」ぼ

くがうなずくと、大山巌は懐剣を取りだした。柄を向けて渡し、潤んだ目を細めて、

「では、腹を斬れ！」

「ごもっとも……」

と、ぼくは懐剣を受け取った。

その前に最低限の身辺整理をさせてほしいと頼み、震える足で客間に戻る。大山巌もついてきた。

ゆっくり考える時間は、急になくなってしまった……。今すぐ時を巻き戻さないと、ここでぼくも死ぬのだろう。四回目の世界で父と再会し、火の鳥の力のことを教えるという約束が果たせなくなる……。あぁ、ぼくはとことんだめな息子だ！　鋼鉄鳥人形の前でぼくは涙を拭った。必死で考え、四つの目盛を動かし始める。

「貴様ぁ、何しとる？」

「き、金庫です。その、家人は開け方を知らないので」

この三回目の世界で父が死んだのは、一八九三年の初夏だった。ということは、それ以前に時を戻せば、四回目の世界で父はぶじ生き返る。

一方、ぼくが檸檬茶館で夕顔さんに結婚を申し込んだのは、一八九二年の春だった。もし、それ以前に時を戻せば、この結婚の歴史も、父の死と同様、時の狭間《はざま》に消える。一回目の世界と同じく、四回目の世界でも、森くんと夕顔さんが岐阜で祝言を挙げることになるだろう。

と、ぼくは目盛をギリギリ動かしつつ、考える……。

しかし、妻の（あんたに、捨てられるなら、死んでやるから……）という言葉を思いだし、はっと手を止めた。

果たしてこの選択は、妻を捨てることになるのだろうか？

正直言うと、ぼくは心のどこかで、もう妻を捨てたいとも思っていた。妻以外の女性を愛せる気は、生涯まったくしなかった。でも、秘密と罪悪感を抱えているせいで、彼女の存在が重荷でもあった。頭に大きな石が乗っかってるようで耐え難いのだ。でも、でも……。

「貴様、何を考えこんどる？　早くしろぉ！」

「いや、ちょっといま黙ってて」

「な、何ぃ？」

ぼくは歯を食いしばり、必死で考えた。

重荷でさえ、愛ではないかと。夫婦って、そうだろう？　人と、人って……そうだろう？

一方で、森くんと夕顔さんの祝言の写真を思いだすとまた心が惑った。妻はもっと幸せな女になれたのだと思うと、ひどく辛いのだった。二回目と三回目の世界では、妻は貧乏や舅《しゅうと》の惨殺事件など、心労の絶えない人生を送らされている。あぁ、そうか！　重荷なのは、夫のぼくのほう……？

それなら、お夕ちゃんのために、どうすべきか。

目盛を動かす手にぐっと力がこもる。

「貴様ぁ、早くせんか！　おい、どこに登っとる？」

「うるさいな。ここのレバーを引くと、開くんです」

「はぁ？　なんちゅうおかしな金庫だ！」

ぼくは鋼鉄鳥人形によじ登り、またがった。レバーに手をかけたとき、廊下を歩いてくる足音がした。「あなた、林檎《りんご》むいたわよ」と妻が顔を出す。林檎を載せた皿を片手に、「あら、いつのまにお客さま？」と首をかしげる。こっちを見上げてにこっとする。

ぼくのお腹から暗い笑いがせりあがった。「ふっ……はっはっはっはっ！」と、聞いたことがないほどいやな響きの声が出た。ぼくは、これで見納めとなる、三回目の世界の妻を見下ろした。君はやはり絶世の美女じゃないか！　にちゃっとした塩辛い涙が両目からだらだらだらだら流れた。

ぼくはレバーをぐっと引き、低い声で、

「フェニックス、フライ」

その四　上海航路

口の中いっぱいに苦くて香ばしい味が広がっていた。どうやらぼくは右手で箸を持っているようだ。箸の先端を見下ろすと、鰹《かじ》りかけのメザシが挟まれていた。

朝だった。雨のようだ。湿った匂いでわかる。三田村家の居間でちゃぶ台を囲んでいるところだ。斜め右には、あぁ、生きている父がいた！「俺のメザシがいちばんでかいぞな」と皿を覗きこみ、斜め左にいる人物に、

「あんたのと取っかえてやろう。――お夕さん」

舅にメザシを交換され、妻がくすくす笑う。父もつられて笑ったが、ふとぼくを見て「要造。どうした？　メザシみたいな顔して」と眉を顰めた。

ぼくは皿に残るメザシを見た。空洞の目が、どこを見ているのか、不気味にぽっかり空いていた……。

妻の顔をまともに見られないまま、うつむき、「お夕ちゃん。今日の新聞はあるかしら……」と聞いた。

新聞をばさりと広げて急いで日付を確認した。今は一八九三年六月……。どうやら焦って目盛

を間違えたらしい。父が道頓堀鬼瓦に殺される事件の一ヶ月前に戻ったつもりが、一日前に戻ってしまっていた。

ぼくは「まずい……」と立ちあがった。「なんだよ。まだ食ってる途中だぞ」といやがる父を強引に引っ張り、書斎に向かった。時間が、時間がない……。まずは四回目の世界の父に、これまでの一回目から三回目の世界と、〃火の鳥〃の力について教えなくては。もちろん、前の世界で一度死んだから、父はすべて忘れているだろう。だが、説明さえすればすぐ理解してくれるはずだ。そして、明日の朝起こるはずの、父が道頓堀鬼瓦に殺される事件を阻止するのだ。どうやって？　そ、それは、父のことだ。ちゃんと考えてくれるだろう。

ぼくは書斎に父を押しこんだ。「お父さん、落ち着いて聞いてくださいよ」と囁く。

ぼくらの背後で、バタン、とドアが閉まった。


「……帝大で天下国家のことを勉強しとると安心しとったら、貴様、そんな荒唐無稽な作り話に労力を割いておったのか！　いいから飯の続きを食わせろ。このスットコドッコイめ！」

「お、お父さ……。待って」

書斎のドアがバタンと開く。ぼくは廊下をのしのし歩いていく父に追いすがって、

「ほら、ここ、この、客間で、明日の朝、三味線で撲殺されるんです。それで……」

「ハァ三味線？　この俺様が三味線に負けるだと？」

と父が振り返り、ぼくの顎をいきなりゴスッと殴った。ぼくは吹っ飛び、仰向けに倒れた。父が「寝言は寝て言えってんだよ」とプリプリ遠ざかっていく。

妻が「えーっ。あんた、大丈夫？」と起こしてくれる。ぼくは目を閉じ、妻の手を一瞬ぎゅっと握った。するとどこまでもがんばれる気がした。「ぼく、時間がないんだ。お夕ちゃん、ご飯残してごめんね」と立ちあがると、ふらつきながら外へ出た。

一年前の空から一年前の雨が透明に降り注いでいる。玄関前では、一年前の紫陽花が青紫色に燃えて咲いている。四回目の世界が濡れながら始まっている。


「あんな奴にもぉ、息子がいてぇ、命乞いを、してぇくれるぅ……か。人間ってええもんやなぁ。坊ちゃん、話はよーくわかりやした」

「えーっ？」

と、ぼくは拍子抜けして、道頓堀鬼瓦のヒョットコに似たユーモラスな顔を、穴が開くほどみつめた。

薄暗いおんぼろ長屋。雨漏りの水が桶《おけ》に落ちては鈍い音を立てている。鬼瓦は三味線の裏に仕込んだ鉄板をベリベリはがしながら、「俺かて、あんたみたいな親思いの子を泣かせるのは嫌やしなぁ」とつぶやく。

ぼくは鬼瓦に父を殺さないでくれと頼みにきて、そもそもなぜ計画を知っているのかと逆に詰問され、しどろもどろになるうち、時を巻き戻した話をしてしまっていた。あまりに荒唐無稽な話だと、三回目の世界では陸軍大臣の大山巖から、四回目の今も父からあきれられたのだが、なぜか道頓堀鬼瓦だけは「なんや、そうやったんかぁ」とあっさりうなずいてくれた。ぼくがおどろいていると、鬼瓦は目を細め、何ともいえない悲しい顔になって、

「そんな話を聞く気になるのは、何もかも失い、空っぽになった奴だけや。坊ちゃん、信じてくれへん奴がいても恨んだらあかんで。その人はきっと、ただ今を必死に生きてるだけなんや」

「あぁ……。そっかぁ」

とぼくは小さくうなずいた。

鬼瓦は、今後は大陸に渡って一旗あげたいと言いだした。「上海は景気がいいらしいで、坊ちゃん。外国の租界も多いし、誰も人の過去を問わない。お互い脛《すね》に傷持つどうし。正体不明の上海仮面舞踏会や」「なるほど……。では、せめて船便と商売の元手資金を出させてください」と話がまとまり、鬼瓦は小さな鞄《かばん》一つと、雨漏りの水を受けていた桶を持ち、三味線を背負って長屋を出た。破れかけの唐傘をさし、とぼとぼ歩きだした。

船賃をかなり上乗せし、すぐ出航する便の一等船室を手配した。肩を落として背を丸める鬼瓦が心配で、ぼくも横浜港までついていった。雨降り落ちる夜の海に、船が青白く浮かびあがり、どこかでボーッと汽笛が鳴っていた。「上海で困ったことがあったらご連絡を」「楽しいことがあっても絵葉書を送るで。坊ちゃんもしっかりな」「ぼくは、その、ぼくには父がいるので……。よく言われるんです。〝鳥は鳥カゴで餌を待て〟って。ぼくは頼りないから」「いや、そんなこと

ないで。たった一人でやってきて、俺を止めた。あんたみたいな子の頼みやから聞いたんや。あんたは鳥やないし、いつか親父さんから独り立ちし、大空にぃ、羽ばたきぃ、力ぁいっぱいぃ、飛び回るぅ……」やはり上手ではないが、鬼瓦の浪花節には、生き生きとしてひどく美しい響きがあった。ぼくは溢れる涙を拭いた。しょんぼりと船のタラップを上がっていく鬼瓦の後ろ姿に「さようならぁ、さようならぁー！」と手を振った。

季節は巡る。四回目の一八九三年の夏の空に、入道雲がいっぱいに広がる。前と同じ日に台風がきて、父と二人で雨戸を閉める。庭の柿の木が実をつけ、妻がもいでは軒先から吊るす。同じ柿の実を、時を巻き戻してまた食べるのは、どうもおかしな気分だった。

ぼくは父との間に次第に距離を感じ始めていた。鬼瓦の言っていたことはわかるが、でも……ぼくたちは親子なのだ。どうして信じてくれなかったのかと、消えない痛みが胸に残った。そのぶん「お夕ちゃん、お夕ちゃん」と妻にくっついて歩いては、妻にも父にも「なんなのぉ！」「貴様、夫婦とはいえ……」とあきれられた。

帝大法科大学では、またもや違う科目を履修し、勉学に励んだ。もう国政には関わるまい、三回目の世界で痛い目を見た、と思っていたが、時が進むうち、いてもたってもいられなくなった。自分だけ未来を知っているのに、祖国のために使わなくていいのか、と。二回目の世界の保なら何と言うだろうか？　ぼくはまた、ある夜がばっと起きあがり、書斎に籠って、これから起こる政治上の出来事を予言する長い手紙を書いた。来年の初めに朝鮮半島で農民反乱が起こること。清と日本が兵を送ること。朝鮮から撤兵するよう言われるが、清軍は居座るから、日本だけ撤兵してはならないこと。さらに、清軍との睨み合いが続いたあげく、やがては朝鮮半島で日清戦争が起こること。その際、大英帝国が清に協力すれば、日本に勝ち目がないことも。だから、開戦前に〝イギリスと同盟を結んでおく必要がある〟という自説も述べ、朱線を引いて強調した。

なるべく年配者からの手紙に見えるよう、筆跡も言葉も工夫した。「先祖伝来の占星術にて未来の出来事を知る老人に候」と嘘を記し、〝鳳凰機関〟という通称を名乗り、匿名で政府宛に投函した。よし。これで、三回目の世界のように妻を巻き込む恐れはないぞ……。

年の瀬が迫り、ぐっと冷えこみ、吐く息が真っ白になった。そして、大きな石が転がるように、四回目の一八九四年がやってきた。前回は日本が大敗した日清戦争の火蓋が再び切られたのだった……。

四回目の一八九四年のお正月はてんてこ舞いだった。父の商売がらみの来客が多く、妻とお手伝いさんはすっかり目を回してしまった。父はほろ酔いで機嫌がよかった。三が日が終わると、ようやく家族でのんびりできた。保も遊びにきたので、四人で花札をした。保がいちばん弱いので、ぼくは不思議に思い、「天才なのにね？　ねぇ？　タモっちゃん？」としつこく言った。

そうして年が明けてほどなく、匿名の〝鳳凰機関〟ことぼくの予言通り、朝鮮で農民反乱が起こった。清と日本が鎮圧のため兵を送った。反乱が収まると、朝鮮は清にも日本にも撤兵を求めた。と、これは一回目と二回目の世界と同じだった。

ぼくは毎朝、妻が「どしたの?」と変に思うほど熱心に新聞を読み続けた。〝鳳凰機関〟の指示通り、日本政府は撤兵せず、朝鮮半島で清軍と睨み合いを続けた。よし、ここまで三回目の世界と同じだ。

夏になり、庭で蟬《せみ》がうるさく鳴いた。妻が井戸で西瓜《すいか》を冷やし、父が引き上げ、鉈《なた》でざっくり切り分けた。縁側に三人並んで、真っ赤な果肉に齧りついた。

ある朝、新聞に日本が大英帝国と日英通商航海条約(平等な立場を取る約束)を結んだという記事が載った。ぼくは「よし、条約を結んだ直後である今、大英帝国も無理に日本と戦おうとしないだろう」と拳を強く握った。

翌週、日本軍は朝鮮王宮を占拠した。そして西太后率いる清に宣戦布告。また日清戦争が始まった。

日本陸軍は進撃し、朝鮮半島、続いて遼東半島を制圧した。日本海軍も大海原を進み、遼東半島と山東半島の港を手中に収めた。

この四回目の世界では、大英帝国軍と戦う必要はなかった。翌春、日清戦争は大日本帝国の勝利に終わった。

日本は清から多額の賠償金を受け取った。国中が好景気に沸いた。その金を元手に、九州北部に大型製鉄所が作られることになった。造船、鉄鋼などの重工業が潤った。街に出ると、どこも明るい。西洋の音楽とダンス、しゃれた洋装、洋酒……何より若者たちの弾ける笑い声に包まれていた。

父は新たに製鉄と造船業に投資した。これが大当たりし、三田村興産は濡れ手に粟《あわ》で資産を増やした。「しかし、要造よ」とある夜半、ぼくと碁を打ちながら、父がおよそ父らしくない、恐れをなした声でつぶやいた。

「戦争ってぇのはよ、怖ぇほど、儲かるなぁ！」

ぼくは、パチン、と碁石を置いた。顔を上げ、黙って父の青白い顔を眺めた……。


——夜明け間近の橙色に染まるタクラマカン砂漠。焚き火が消えかけ、パチパチ爆ぜている。

一同は三田村要造を囲み、黙って耳を傾けていた。

間久部緑郎が「つまり、火の鳥の力が利用され、日清戦争が二回行われた、ということか……」と呻いた。焚き火にかざす両手がかすかに震えている。

猿田博士も重々しくうなずき、

「一回目と二回目の世界では、日清戦争自体が起きなかったのじゃな。三回目の世界では戦争が起き、日本の敗戦に終わった。そして四回目では、やはり戦争が起き……」

「日本が勝利した、か。四回目の世界の出来事はぼくが知る歴史と同じだ。つまり〝鳳凰機関〟

は……」

「うむ、歴史を二度も変えたのじゃな。起こらないはずの戦争を起こし、一度は負け、つぎに勝った」

「そして、日本が勝った歴史を、採用したのか……？」

緑郎が黒目がちの瞳に影を宿し、三田村要造をじーっと見下ろした。正人はうつむいてとめどなく涙を流している。マリアたちも蒼白《そうはく》な顔をしている。

「間久部くん、続きを聞こう！　夜もそろそろ明けるというのに、この男の抱える闇はまだ続きそうじゃ」

一同はうなずいた。砂丘の向こうから朝陽《あさひ》が射し、憂いを浮かべる緑郎の横顔を照らし始める……。


ぼくは、〝火の鳥〟の力を使って我が国を勝利に導いたことに不思議な高揚を感じ始めていた。国内は明るく、躁《そう》状態となっていた。その片隅で、これは自分がやったことなのだぞと、ひっそり噛み締めた。そう、父ではなくぼくが……。道頓堀鬼瓦の（あんたは鳥やないし、いつか親父さんから独り立ちし、大空にぃ、羽ばたきぃ…………）という声が耳に蘇った。そう、ぼくは、ぼくは、鳥じゃ、カゴの鳥じゃないのだ……。

一方で、歴史を動かすような大きなことからはもう逃げたいという気持ちもあった。それは一八九六年の正月のこと。妻がお屠蘇《とそ》を注ぎながら「羽根つきしてみたいなぁ」とねだるので、「おや、一昨年していたじゃないか。保のうちでさ。君は顔じゅうに落書き、さ、れ……」と答えかけ、あぁ、あれは三回目の世界のことなんだと気づいて言葉を呑みこんだ。そして、あの日の妻の笑顔や楽しげな声を思いだし、（もう時を巻き戻したくない！　どのお夕ちゃんも消すもんか！）と胸を掻きむしった。

そこに父が通りかかった。「何でか知らんが、おまえ宛に年賀状だ。あいつ、上海で大陸浪人になったんだなぁ」と感慨深そうに言いながら葉書を手渡してくれた。道頓堀鬼瓦からの年賀状だった。虹口《ホンキュウ》で日本製品の小売店を開いたとある。ぼくは「そうか。上海かぁ……」とつぶやき、葉書を何度も読み返した。

ともあれ、日本の好景気は続いた。だが経済はともかく、肝心の国防のほうは、はなはだ不安な宙ぶらりん状態となっていた。

日清戦争後、日本は重要な拠点である台湾を植民地とし、遼東半島も手に入れたものの、ロシア帝国などからの邪魔（三国干渉）が入り、手放すことになってしまった。北のロシア帝国は南下政策を進めた。アジア一の大国のはずの清が小さな日本に負けたことで、ロシア帝国が一気に勢いを増したのだ。しかたないことだ、とぼくは唇を嚙んだ。帝国とは企業と同じ。膨張し続ける生き物で、現状維持などはなはだ不可能。三田村興産もロシア帝国も進撃するのみなのだ。

そして、我が日本もまた大日本帝国——そう、小さいながらも帝国であった。

やがてロシア帝国は、極東の重要拠点である遼東半島の港を手中に収めた。力を弱めた清で義

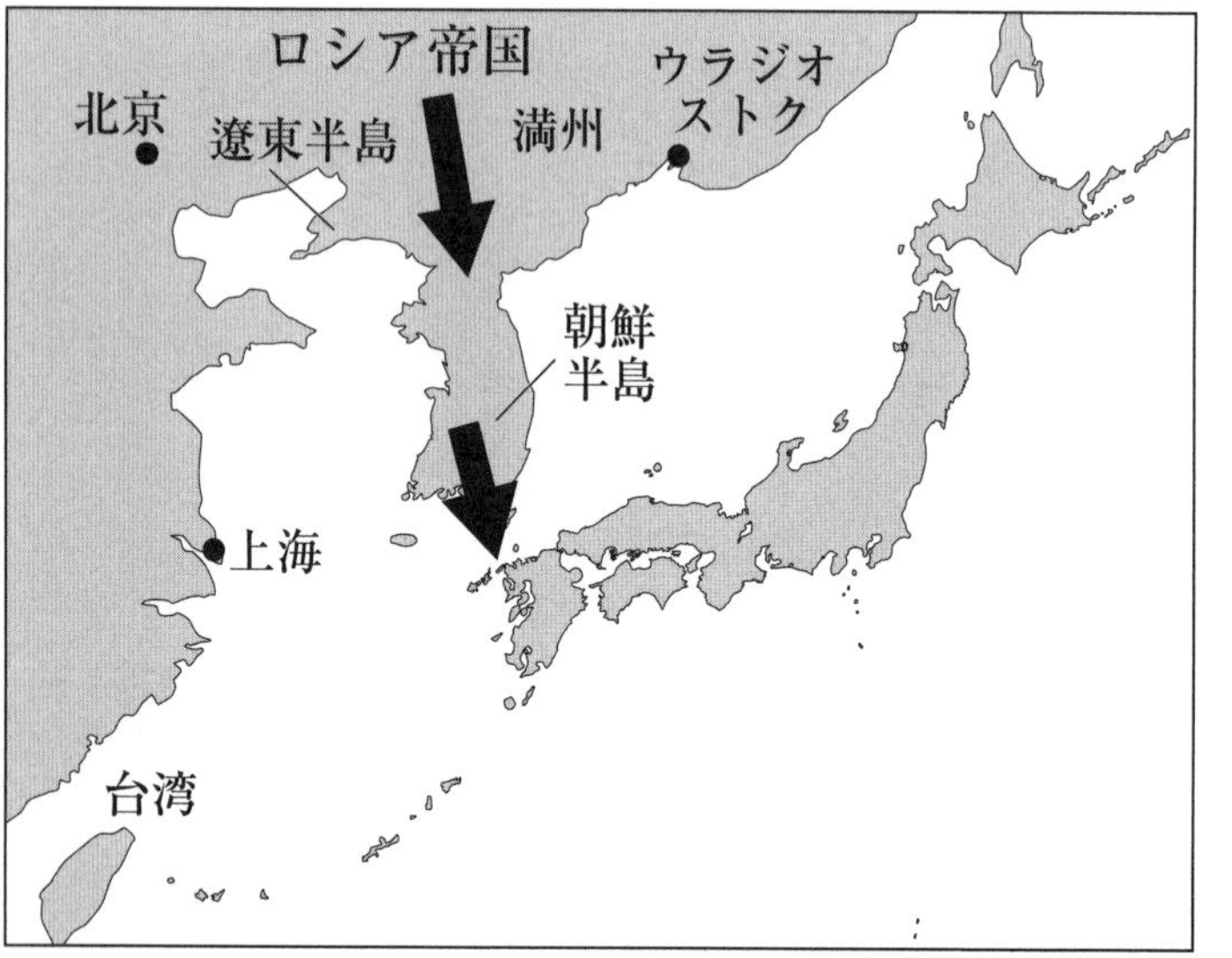

和団の乱が起こると、日本も含めた八ヶ国が鎮圧のため兵を送った。乱は鎮圧され、各国は撤兵したものの、ロシア帝国は中国東北部の満州に居座った。満州は領土を南に広げるための好立地にあるばかりか、石炭などエネルギー源も豊富だからだ。ロシア帝国は続いて朝鮮半島に狙いを定めた。極寒の氷の北国にとって、朝鮮半島は、喉から手が出るほどほしい〝冬も凍らない港〟だから……。

新たな強敵であるロシア帝国が、朝鮮半島を手中にすれば、我が国への脅威となる。ぼくはたまらず、また匿名の〝鳳凰機関〟を名乗って日本政府宛に手紙を送った。〝ロシア帝国に負けないよう、今は割り切り、まず大英帝国の庇護下に入るべき〟という内容だ。この匿名の手紙と関係があるかはわからないが、日本政府は日英同盟を締結。軍備も増強され、明るい好景気の中、次なる強敵である北の帝国を迎え撃つ準備が始まった……。

そんな大日本帝国同様、三田村家もまた、新たな勢力を迎え、じつは混沌《こんとん》とした風に揺さぶられていた。

膨張する三田村興産を支えるため、ぼくも帝大卒業後は父の片腕として働いていた。そんな中、父がとつぜん後妻を迎えた。柳橋芸者で、水揚げしたばかりのまだ十六歳。長唄と踊りの名手で、名は雪崩《なだれ》。北陸出身で雪の朝のような真白な肌をしていた。

三田村家は二世帯となり、初めの数ヶ月は四人仲良く暮らしたが、ある満月の夜、夕顔と雪崩がとつぜん取っ組み合いの喧嘩を始めた。赤い襦袢《じゅばん》と妻の浅黒いふくらはぎと雪崩の白い太ももが、どこが誰の何なのかわからないぐらいぐるんぐるん回り続けた。止めに入った父とぼくも壁に吹っ飛ばされた。

聞くと、妻が天井裏に隠しておいた梅花亭の銅鑼焼《どらやき》を、雪崩が盗み食いしたという。ぼくは正直、どちらにもあきれた。妻に「君、一回りも年上でしょ。銅鑼焼の一つや二つ……」とお説教し始めた。

すると、妻の顔が、くしゃくしゃくしゃに歪んだ。

「要ちゃんは、お腹すかせて泣きながら寝たこと、な、ないのよ！」

と泣きむせぶ。雪崩まで号泣しながら「そうよぉ！」とうなずく。なんなんだ、一体……。妻

は縁側に寝転び、拳と足で床を叩いて人間打楽器となり、

「どっちの味方すんのよぉ！　あ、あたしの旦那さまなのに。ぜったい食べるなって、でっかく書いといたんだからぁっ！」

妻の浅黒い頬や腿を月光が濡れたようにてらてら舐めている。「ごめんよお夕ちゃん。ぼくが悪かった」と謝ると、妻は起きあがり、溺《おぼ》れた人のようにぎゅっと抱きついてきた。背中に爪が刺さって痛い。嗚咽《おえつ》の震えが伝わってくる。

そうか、この人には身寄りがないも同然だ。生きてる限り、この世に味方は、ぼく一人か。そう思うと、愛しさとわずらわしさが同時に込みあげた。あぁ、この女と別れることは本当にもうできないだろう。

その後も家庭内でのゴタゴタが続いた。ほどなく、ぼくら夫婦が三田村家を出て別の所帯を構えることになった。父からは製鉄業で潤う九州北部の支店を任せたいと提案されたが、思案の末、首を振った。どうせ東京を離れるなら、いっそもっと遠くに、という夢が膨らんだためだ。（大空にぃ、羽ばたきぃ、力ぁいっぱいぃ、飛び回るぅ……）という道頓堀鬼瓦の声がまた思いだされた。

というわけで、一九〇一年早春。ぼくら夫婦は、横浜港を出て上海に向かう蒸気船に乗った。父夫婦も、それに幼なじみの田辺保も見送りにきてくれた。妻と雪崩は仲が悪いんだかなんだか、結局のところよくわからない。乗船直前、雪崩は妻に走り寄ると、何か小袋を押しつけ、白猫みたいに遠くまでビャッと逃げてった。

船が出る。保が両目から太い涙を流し、手を振る姿が小さく見える。「ヨーちゃーん！　おユウさーん！　達者でなぁ！　さようならぁ、さようならぁー！」と風に乗って悲鳴のような別れの声が追いかけてきた。

船室に入り、妻が小袋を開けると、梅花亭の銅鑼焼が二つ転がり出てきた。包み紙にぐにゃぐにゃした何かが書かれており、かろうじて〝ごめんなさい　なだれ〟と読めた。そうか、あの子、読み書きができなかったのか……。妻はなんともいえない横顔を見せ、長いこと黙っていた。それからゆっくり口を開け、銅鑼焼を二つとも飲みこむように食べた。船窓から海を眺め、哀愁漂う小さな声で、

「人生流転ねぇ……。ねぇ、あんた？」

このころぼくは、もう時を巻き戻すことはない、十分懲りたぞと思っていた。でも心のどこかで、もしかしたら、自分はまたあれをやるかも……という予感もしていた。その証拠に、この年まで妻との間に子供を作らなかったし、この後もそうするつもりでいた。だって、時を巻き戻したら、子供だって消えちまうもの……。

それに、ぼくにとっての妻は、いつのまにか、守るべき娘でありつつ、時には甘えられる母でもある、唯一無二の存在になっていた。ぼくのちいさな世界は夕顔一人でもう満員だった。そして、あとは？　いや、生きていくので精一杯さ。

横浜港を出港した船は、大海原を越え、七日後、不思議な夜の光に満ちた上海港に入港した。道頓堀鬼瓦が出迎えてくれた。鬼瓦は金ピカの羽織袴に身を包み、ぞっとするほどの美貌を持つ和装の上海芸者を三人連れ、紙巻煙草片手に立っていた。「坊ちゃん！　ようこそ自由と悪徳の都へ！　東洋のパリ、上海のことなら俺に任しときなはれ！」と笑いかける。そしてその言葉通り、陰になり日向になり支えてくれた。

上海には川沿いから内陸にかけ、元々の中国の街を侵食し、イギリスやアメリカや日本の共同租界、フランス租界が拓《ひら》けていた。昨今は、黄浦江《こうほこう》と蘇州河《そしゅうがわ》という二つの川が交差する中心街から北にかけての虹口《ホンキュウ》に共同租界の日本人居留地も広がっていた。虹口には九州で食い詰めて海を渡ってきたならず者の男や、訳ありの唐行きさんなどがたくさん住んでいた。つまり、所帯を持たない独り者の街なのだ。そんな虹口のあちこちに、鬼瓦は着物、自転車、ビール、煙草などの嗜好品を扱う鬼瓦商会を開店し、薄利多売で儲けていた。ぼくは鬼瓦のつてで、総領事、海軍少将、銀行家、経営者など、虹口の名士が集う日本人会に迎え入れられた。妻は上海の水が合い、日に日に元気になった。西洋のダンスが大好きで、覚えたての上海語で「跳舞吧《テオーウバ》（踊りましょ）！」と誘っては、日本人会の奥さまやお妾さんとフロアに飛びだし、踊った。

ぼくはというと、輸入販売を手がける鬼瓦商会の邪魔をせぬよう、製造及び輸出業に進出した。まず郊外に紡績工場を建設。資源豊富な中国東北部の満州にも目をつけ、鉱石、油、大豆を買い付けては日本に輸出した。

三田村興産上海支店は順調に成長した。ぼくは次第に欧米の租界でも顔を利かせるようになった。ステッキ片手に、三揃いのスーツに身を包み、上流イギリス人が集うシャンハイ・クラブに入り浸っては、新聞経営者や武器商人から情報を仕入れた。日本人会でも事情通として一目置かれるようになった。

自由とデカダンの上海暮らしで、時は過ぎ、一九〇三年が終わろうとしていた。日清戦争が始まったあのころから、気づけばもう十年近く過ぎている。

日本のことをいえば、相変わらず、北のロシア帝国の南下政策に脅かされていた。虹口でも軍人の姿が増えた。海軍の制服に身を包み、揃って油断ない目つきをしている。ぼくも含め、日本人の経営者たちは「連合艦隊司令長官、東郷平八郎の要請である」と説かれ、社員証を何枚も偽造したりした。軍人が身分を隠してスパイ活動するために使われるらしい。

遠い日本国内では、戦争を嫌がる声と望む声がぶつかりあっているらしかった。東京からの便りによると、田辺保は「ロシアと戦って勝ったら、賠償金でまた景気がよくなると噂する者もいる」と、父は「そりゃ、清のような大国に勝てたなら、ロシアだって恐るるに足らんぞなぁ」というのだった。

そんな複雑な空気が、遠い上海にも流れこみ、皆の心もざわついていた。南下するロシアと迎え撃つ日本。帝国の思惑は、二つの風船のようにパンパンに膨らみ、中国大陸の上空で押しあっていた。そう、今にも音を立てて弾《はじ》けそうに……。

それにしても寒い年の瀬だった。洋風の石造りビルの前を、竹の帽子を被って青い半纏を着た車夫が引く人力車が何台も通り過ぎる。赤いターバン姿のインド人巡査が踊るような動きで交通整理し、さまざまな人種の通行人が忙しく行き来する。

夕刻、日本人会に顔を出すと、いつもは商人と軍人がべつべつに座っているのに、今日はひとところに集まり、和気藹々としていた。「おや、どうしたんです」と聞くと、鬼瓦が楽しげに振り返って、

「日本人の男が、蒙古で出世し、なんと、騎馬隊の英雄になったらしいで」

ぼくは「えーっ」とおどろき、急いで話の輪に入った。新聞の一面に、雄大な平原で馬に跨がる屈強な男の写真が載っていた。こりゃかっこいいなぁ！　うっとりしちゃうじゃないか。おや、この顔には見覚えがある……。太い眉、意思の強そうな大きな目……。

ぼくは、はっと息を呑んだ。この男、ひ、火の鳥調査隊の大滝雪之丞じゃないか！

あわてて新聞に顔を近づけ、仲間に「ちょっと、読めない！」「見えーん！」「コラ要造さん！」と文句を言われながらも、舐めるように記事を読んだ。

どうやら大滝は、一八九〇年にタクラマカン砂漠へと向かったものの、砂漠に着く前に騎馬民族に捕まり、幽閉生活を送らされたのだという。しかし巡り巡って族長の娘と結婚。勇猛果敢な騎馬隊長となった、と。

ぼくは目眩を感じて立っていられなくなった。驚きのあまり周囲の声も遠ざかっていく……。

そ、それでは！　この四回目の世界では、大滝は楼蘭王国に辿りつけなかったのか！　〝火の

鳥〟の首をみつけることも、王女マリアを殺し、罪の意識に苦しむこともなく。草原の英雄として、堂々と生きている……？

ぼくは、四回目の世界の大滝雪之丞が元気に暮らしていることに、（そうか……）と不思議な安堵を感じた。仲間から離れて座り、しばし物思いにふけった。

しかし、と帰り道。ぼくは人力車に揺られながらはっとした。ということは、〝火の鳥〟の首はいまこのときも楼蘭にあり、王女マリアなる人物が守り続けているというわけか。ふぅむ……。ぼくの脳裏に、三回目の大滝雪之丞が目の前で回してみせた地球儀が蘇った。世界がまたぐるぐる回り始める……。

そんな思案の中、三田村家に帰宅した。虹口《ホンキユウ》の一等地に建てたばかりの家。外観は純日本家屋風で、内装は和洋折衷だ。妻がいないなと思っていると、召使が気づいて、妻は鬼瓦のところの芸者三人衆と麻雀《マージヤン》しに出かけたと教えてくれた。連れがいるとはいえ、夜は物騒なので心配していると、表で車の停まる音がし、ついで玄関の扉が開き、妻が現れた。海軍の軍服姿の男性二人の肩を借り、痛そうに足を引きずっている。「どうしたのさ、お夕ちゃん」と駆け寄ると、申しわけなさそうに「転んだの」と言う。若いほうの軍人が「人力車に乗ろうとされたところ、何者かに突き飛ばされ、道路に転がり」「えっ」「そこに馬車がやってきて蹄で潰されそうになるところ」「えーっ」「我々が担ぎあげて舗道に救出し」「な、な、なんて……」とぼくは貧血を起こし、「……こと」とつぶやいて床に座りこんだ。妻が「やだ、あんた」と袖《そで》で冷汗を拭いてくれる。

一家の主としてお礼を言わねばと、フラフラ立ちあがった。年配のほうの軍人が「物騒なことですな。誰が何のために突き飛ばしたのか。ねぇ……三田村さん？」と言いながらぼくに手を差し伸べた。「おや、ぼくの名前をご存知で……」と相手の顔を見る。立派な口髭に眼光鋭い目。こ、これは……。

「二つ名のほうも存じておりますよ。──〝鳳凰機関〟さん？」

日本人会で幾度か遠目に見たことのある、連合艦隊司令長官、東郷平八郎の勇猛果敢な顔が、間近にあった。

ぼくは大あわてし、二人を中二階の応接間に通した。だが、隣室との境の障子に、妻が聞き耳を立てるシルエットが映っているのに気づき、さらに焦った。ほとんど使っていない地下室のほうへと移動する。

「〝鳳凰機関〟から政府に予言の書が届いたのは、十年前のこと。当初は悪戯と思われたが、あまりに当たり続けるため、信じる者も現れた。何者なのか突き止めようと調査が始まった。正体はすぐ判明し……」

ぼくは「えっ、すぐ？」とギョッとした。若いほうの軍人が「消印、便箋《びんせん》を購入した店、筆跡」と短く説明する。ぼくは肩を落とした。東郷平八郎は「貴様の細君は千里眼の家の出らしいな。つまり、細君が……？」と目を細めた。ぼくは「ち、ちがっ」とブンブン首を振った。すると東郷平八郎は「まぁ、わしはこの世ならぬ力なんぞハナから信じておらんがな」とさらに目を細めた。

「だが、現場では論理と経験から完璧《かんぺき》な作戦を立てた上で、最後の最後、正解のわからぬ選択を迫られることがある。占いや千里眼は、そういう場面でなら……」

「あのっ、信じてないなら、み、見逃して……」

「三田村さん！　あんたは、社員証の偽造、シャンハイ・クラブで仕入れた情報の提供など、すでに軍部に協力する身だ。我々としてはこの先、ロシア帝国との間に戦争が起き、究極の選択を迫られる局面があれば……〝鳳凰機関〟にも軍事協力してもらうつもりでいる」

「いや、でも……。その。いま、占いというか、その力の源泉が、なくて。えっ、とぉ……」

若いほうの軍人が「ふむ。細君の未来視に必要な道具か？　何でも申し出よ。金か？　それとも水晶か、亀の甲羅かな……？」と補足する。ぼくはあたふたし、「それなら、あのぅ」と震え声で言った。

「探検隊を、一隊、おっ、お借りしたく……！」

二人が「なにぃ？」「探検隊だと？」と口をあんぐり開け、ぼくを見た。


翌日さっそく、東郷のお付きの若い軍人によって軍内の猛者が呼び集められた。この若い軍人はまだ海軍兵学校生の身らしく、名を高野《たかの》五十六《いそろく》といった。即席の探検隊は四人組で、隊長に選ばれたのは、山岳部出身の犬山狼太《ろうた》少尉。ぼくは楼蘭の場所、神殿の祭壇や王女マリアの存在など、知りうる限りの情報を高野五十六に伝えた。

年が明け、一九〇四年がやってきた。犬山狼太少尉率いる火の鳥調査隊は、タクラマカン砂漠に向けて出発した。

ぼくは〝エレキテル太郎五号〟の制作にも取りかかった。前に作ったときからずいぶん経っており、記憶が曖昧《あいまい》で、目盛部分は若干怪しかったが……。

ぼく一人の手になる四体目の鋼鉄鳥人形は、赤と金の鳳凰柄を刻み、丸みを帯びた豪奢な箱で、純金の細いレバーが輝いていた。完成すると、地下室に運びこみ、ぼくは壁にもたれてそっと腕を組んだ。

これを発明した田辺保によると、巻き戻しが可能な時間は、最大七年。ということは、たとえ今すぐ巻き戻せたとしても、一八九七年までなのだ。この四回目の世界で、ぼくが〝鳳凰機関〟と名乗って政府に手紙を出したのは、十一年前の一八九三年。つまり、あの手紙を出した過去を変えるのはもう不可能だ。

それなら、家族を守るために軍事協力するしか道はない。それに、ひいては御国のためになるし……。

二月上旬。日本海軍の連合艦隊が、遼東半島沖からロシア軍に奇襲攻撃。砲弾が唸り、艦上の水兵の耳をつんざいた。海がドンッと揺れた。夜明け前に日本陸軍も朝鮮半島に上陸。翌日、日本政府が宣戦布告し、日露戦争の火蓋が切られた。

日本陸軍は朝鮮半島でロシア陸軍を破り、進撃を続けた。一方、海軍の連合艦隊も近郊の海でロシアの艦隊と戦い続けた……。

上海の外国租界も騒然とした。ぼくは毎朝舐めるように新聞を読み、夜毎出かけては、シャン

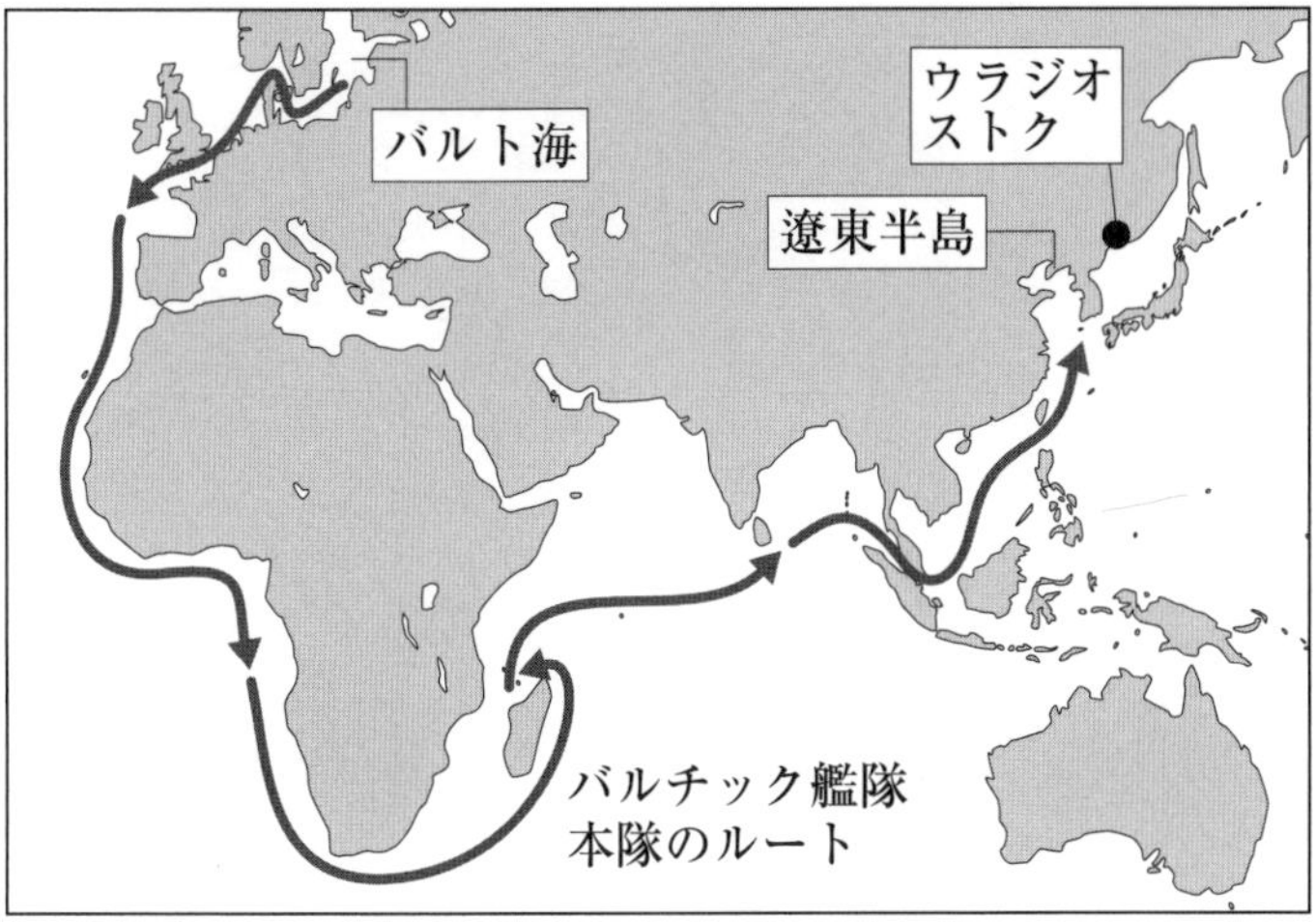

ハイ・クラブで世界の、日本人会で国内の情報を仕入れた。内心では冷汗が止まらない思いだった。〝エレキテル太郎五号〟はできたものの、犬山狼太少尉率いる火の鳥調査隊はまだ当分戻ってこない。ということは、〝鳳凰機関〟として軍部から未来視を命じられても、何もできない。

　戦況は刻々と複雑さを増した。日本とロシアの戦争でありつつ、日本側に英米などが、ロシア側に独仏などがつく世界戦の様相をなしていた。

　そんなある夜。ぼくはフランス租界で美しい金色の鳥カゴを衝動買いし、妻に贈った。妻は気に入り、黄緑の小鳥を鳥カゴに入れて、「あんた、金色の立派な御殿があって、幸せな鳥ねぇ」と優しく話しかけた。それから妙にしんみりした声で、「この国の人も、朝鮮の人も、ドンパチで焼かれて住むとこなくなっちゃって大変ね……」

　ぼくはまた黙って首をかしげた。

一進一退の戦況の中で夏が過ぎ、秋がきた。火の鳥調査隊はまだ帰ってこない。軍部の協力要請もない。ぼくは内心はらはらしながら日を送っていた。

ある日、上海の情報網に気がかりな機密情報が流れてきた。無敵を誇るロシアのバルチック艦隊が、大勢の屈強な陸軍兵を乗せ、日本海に向け出発したと。日本の同盟国である大英帝国の力が及ぶ港を避け、ユーラシア大陸北西のバルト海から、アフリカ南端を越え、ぐるりと回ってくるという、前代未聞の地球半周大作戦だ。半年以上の長旅だから、時間の猶予はあった。だがいざバルチック艦隊が到着してしまえば、まず日本海軍が、さらに陸軍兵に上陸されれば日本陸軍も、危機に陥ると予想された。ぼくらの頭上を不安の雲が覆い尽くした。

翌一九〇五年一月。陸軍は死闘の末、重要拠点である遼東半島南端の要塞を陥落させた。日本中が勝利にワッと沸いた。陸軍は北進し続けた。

この月の終わり。ぼくは日本人会で仲間と白酒《パイチュウ》を飲んでいたところ、東郷長官のお付きの若い軍人、高野五十六に声をかけられ、「こい！」と日本軍のビルにしょっぴかれた。水兵カラーの軍服を着た男たちが忙しげに出入りする灰色の建物。三階奥の司令官室に通された。武骨な欅《けやき》の机の前に、背中で腕を組んだ男の後ろ姿があった。「きたか、鳳凰機関よ」とゆっくり振りむく。

——東郷平八郎司令長官であった。

ぼくは、怯えながらも東郷平八郎司令長官の前に進みでた。「鳳凰機関よ。貴様も知る通り、ロシアとの戦況が一進一退の中、バルチック艦隊は東を目指し大海原を進んでいる。斯《か》くなる上は、我が連合艦隊も使命を果たすまでだ。使命とは……」と司令長官は胸を張り、

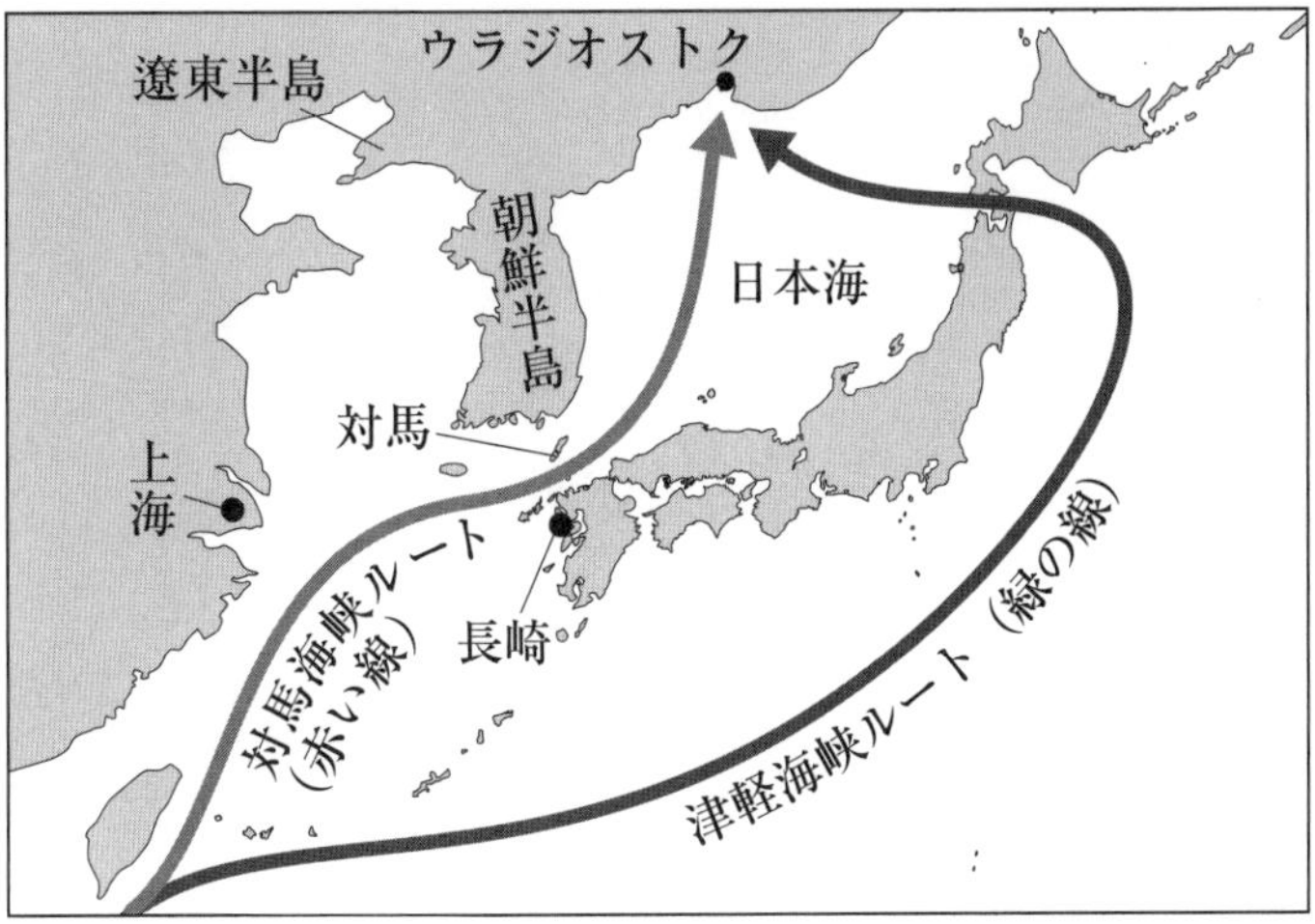

「日本海でバルチック艦隊と激突し、我が国を、見事勝利に導くことである！」

「は、は、はいっ……」

「敵艦隊は、東シナ海を北上し、遼東半島の港に着くと考えられていた。だが今年一月、日本陸軍が遼東半島の要塞を制圧。そのため敵艦隊の到着地点は、半島より北東のウラジオストク港に変わったと推測される。それで、だな……」

東郷平八郎司令長官の目配せで、お付きの高野五十六がばさりと音を立てて地図を広げた。

大きく日本列島が描かれており、海の部分に二本の線が引いてあった。九州と朝鮮半島の間の対馬海峡を抜け、日本海を北上してロシアのウラジオストク港に着く西ルートには赤い線が引かれていた。九州南部から太平洋側に回りこみ、北上し、津軽海峡を抜けてウラジオストク港を目指す東ルートには緑の線があった。

高野が地図を指し、

「敵艦隊が進むルートには二つの可能性がある。赤い線が対馬海峡ルート。緑の線が津軽海峡ルートである」

「な、なるほど」

「バルチック艦隊は果たしてどちらからやってくるのか？　我が連合艦隊は正しいルートを選択し、待ち伏せし、敵を完膚なきまでに殲滅《せんめつ》せねばならぬ。軍部総出で情報蒐集しており、近々有益な情報がつかめれば問題はない。だが、何の証拠も一カケラもないまま、どちらかを選ばねばならなくなった暁には……」

ぼくはゴクリと唾を呑んだ。東郷司令長官が後を引き取り、低い声で、

「そのときは、鳳凰機関に選択させる！　これが帝国海軍の総意である」

ぼくの声が「ななっ？」と裏返った。焦って、

「そんなの、ず、ず、ずるい！　ぼっ、ぼくも、ぼく、あの、こ、困りますよっ……」


ぼくは本当に困っていた。冬が春になり、バルチック艦隊が日本海に刻々と近づいてくる。ぼくは食欲もなくなり、ご飯をよく残した。

四月末、上海の日本人会に緊張が走った。もし敵艦隊が赤い線を引かれた対馬海峡ルートからやってくるなら、上海港から目を凝らせば遠く見えるはずだからだ。日本人は軍民総出となり、港で海を見張った。やがて五月になり、中旬を過ぎ……敵艦隊の姿を見たものは誰もいない。

「敵はすでに太平洋側に回り、津軽海峡ルートを進んでいる」と噂されだした。

二十四日の夜。ぼくは港で双眼鏡片手に見張り当番していたところ、突然現れた高野五十六に「こい！」とまたしょっぴかれた。日本軍のビルに入る。と、髭ぼうぼうで疲れ切った顔の男とすれ違った。どうも見覚えのある顔だな？　あぁ、火の鳥調査隊を率いた犬山狼太少尉じゃないか。ずいぶん面変わりしているが……。

薄暗い一室で、ぼくはブーブー紙に包まれた丸い物を手渡された。開くと、ゴロリと、鳥の首のミイラが出てきた。「ご所望の品だ。鳳凰機関よ、これで未来視ができるのだな」と高野五十六に詰め寄られ、ぼくは震えてうなずいた。「赤の対馬海峡ルートか？　緑の津軽海峡ルートか？　さぁ、予言せよ！」「ま、ま、待ってください。うちに帰らないと」「そうか、細君の力も必要だったな」と馬の背に乗せられ、家まで送られる。ぼくは怖くて、高野のお腹に手を回してくっついた。

カッポカッポと蹄の音が小気味好く響く。華やかな租界の町並みが滲んで通り過ぎていく。

高野のがっしりした背中にしがみつきながら、ぼくは一生懸命考えた。鳥の首が手に入ったものの、今の自分に敵艦隊の作戦なんてわかるはずない。いったいどうすりゃいいんだろう……。

あぁっ、そうだ！　ともかく赤か緑かどっちか選んでみるのだ。当たれば、それでよし。外れたら、時を巻き戻し、べつのほうを選ぶのだ。そうすればどちらにせよ予言が当たったことになる。

三田村家に着き、馬から下りようとして、地面にばたっと落ちた。よろめきながら地下室に向かい、〝エレキテル太郎五号〟に火の鳥の首を入れた。予言に失敗したら今夜に戻ろうと、目盛をいまの時間に設定する。と、一階から妻と芸者三人衆の笑い声が聞こえてきた。夜遊びから帰ってきたらしい。ぼくは階段を駆けあがり、「お、お夕ちゃん……」と呼んだ。

地下室に連れてきて、

「よぅく聞いておくれ。ラジオを聞いていて、もし、日本の連合艦隊がロシアのバルチック艦隊の待ち伏せに大失敗し、戦争の行方が怪しくなったらね。この金のレバーを引いておくれ。そうだ、レバーを引く時間も決めておこう。今から四日後。五月二十八日の正午だ。必ず、必ずだよ」

あれこれ聞かれるのを覚悟したが、妻は「うんわかった」と真剣な顔でうなずいた。

一階に駆け戻る。高野が「細君と話したか。よし急ぐぞ！」とぼくをまた馬の背に乗せた。芸者三人衆が不思議そうに首をかしげ、手を振ってくる。高野が「ハイヨーッ！」と叫ぶ。夜の租界をまた走りだした……。

上海の港で巡洋艦〝日進〟に乗せられ、高野と共に海洋に出た。空も海も漆黒で、水平線も何も見極められない。上甲板の煙突から不気味な煙が上がり、暗い空に溶けていく。どこをどれだけ航行したかもわからぬうち、ゆるやかな円を作る水平線の向こうから、メラメラ燃え盛るように夜が明けた。

やがて目の前に、旗艦（司令長官の乗る艦）〝三笠〟が堂々たる姿を現した。

見たことないほど巨大な黒い塊だった。頭と艦尾から触手のような主砲を、胴体から無数の脚のような補助砲と副砲を生やす、鋼鉄のムカデみたいな形状をしていた。マストでは旭日旗が風をはらんでひるがえっている。「これが帝国の戦艦か……」と畏れて見上げるうち、ボートに乗せられ、高野と共に〝三笠〟に移った。

海上で見たときの静謐《せいひつ》さと打って変わり、艦内は意外なほど騒々しかった。見張り台では誰かが大声で叫んでいる。上甲板では兵士たちが整列して朝の体操をしたり相撲を取ったりしている。彼らの間をぬい、狭い階段を下りると、下階では炊事当番がガチャガチャ音を立てて大量の朝飯を作っていた。

後部の司令長官公室に通される。西洋風の上質なテーブルと赤い布張りの椅子が眩しかった。扉を閉めると、急にしんと静かになる。

壁に赤と緑の二つのルートが書きこまれた日本沿岸の地図が大きく貼られている。

東郷平八郎司令長官が、ゆっくり振りむき、

「ようやくきたか。――鳳凰機関」

隣で高野がビシッと敬礼する。司令長官は「時間がない。敵艦隊はこの期《ご》に及んでも不気味なほど気配を見せん。さぁ選べ！　出撃の時は迫った」「いやっ、でも……」「ふん。もちろん、貴様の未来視を判断材料の一つとするというだけだがな」「はっ、はい……」とぼくはこわごわうなずく。責任重大なのかそうでもないのか、何だかよくわからないまま、震えて地図を見上げる。

赤い線は、対馬海峡ルート。緑の線は、津軽海峡ルート……。赤のルートなら上海沖を通過す

るはずと、仲間で何週間も見張りをしたのに、何もなかったのは事実だ。ということは緑じゃないか。そ、そうだ、それに、うちで飼い始めた小鳥は黄緑だ。やはり緑か。待てよ、妻はさっき何色のドレスを着てたっけ？

「えぇい！　早くせんか、鳳凰機関！　先の戦争時、政府に宛てた手紙の、あの凄みのある切れ味はどこへいった！」

「えっ？　はい。緑。赤、いや緑？　えーっと……」

と、ぼくは二つの線を忙しく見比べた。間違えても時を巻き戻せるとはいえ……冷汗が出る。司令長官は険しい顔をし、腕を組んでみつめてくる。

ついに、ぼくは地図を指さし、

「きっ、き、き、決まりました。バルチック艦隊は太平洋を進み、そ、そ、そして、そしてっ……。えっと、み、緑！　緑っ！　津軽海峡ルートです！　バルチック艦隊は太平洋を進み、津軽海峡を抜けてやってきます！」


大日本帝国の連合艦隊は、旗艦〝三笠〟を先頭に、四隻の戦艦、二十隻の巡洋艦、海防艦、通報艦などを従え、津軽海峡に向かって北上した。ぼくは整備のため港に戻るという〝日進〟に乗せられ、ほっと一息ついた。高野五十六によると「船底の藤壺《ふじつぼ》をこそげ取らんと速度が落ちるからな」ということらしかった。

　てっきり上海に戻ると思っていたのだが、それはぼくの勘違いで、〝日進〟は九州北部の海軍基地、長崎の佐世保港に入港した。上海行きの民間船はあさってまで出ないので、それまでの間、海軍の一大拠点たる三角の屋根の鎮守府でお茶を飲んだり、せっかくだからと、造船所など重工業の発展ぶりを見学し、父宛に報告の手紙をしたためたり、気遣ってくれる高野と、景色の綺麗な高台の洋食屋〝薄雲亭《うすぐもてい》〟で藤壺料理を食べたりした。晩春の海は日差しも強く鮮やかに青い。ところどころに丸い小島が夢のように浮かび、佐世保の晩春は正に絶景であった。

　洋食屋の若おかみが、泣く子をあやしながら働いているので、預かり、見よう見まねで遊んでやった。すると高野がぽつりと「うちはいろいろあってね。ぼくは高野姓だが、ゆくゆくは父が世話になった山本というご家老家の養子になる予定なのだ」と言った。「そうかい。何やら複雑だねぇ。うちの父はね、ぼくより一回り下の後妻をもらい、仲良く暮らしているよ」「おやおや、それも複雑じゃないか」などと話すうちに気心が知れ、気づけば故郷の話にも花を咲かせた。

　そんなこんなで、佐世保で久しぶりにゆっくりした時を過ごし、二十七日の早朝。ぼくは上海行きの民間船に乗ろうと宿を出た。海沿いの魚市場の前で、洋食屋の若おかみとばったり会い、帽子に手を当てて挨拶する。「そうです。上海に戻るところで……」と立ち話していると、突然空気がドンッと揺れた。ぼくは若おかみを庇いつつ海を見た。晴れた早朝の青々とした海上に、不吉な黒い船……いや、戦艦が見えた。唖然としていると、触手が不気味に蠢き、次の瞬間、またドンッと音がした。空気が赤く光り、港の一角が粉塵を上げて吹き飛んだ。非常時を告げるサイレンが、ウーーーーーーーーーーッと鳴りだした。

近くを歩いていた海軍兵が「バルチック艦隊だーっ！」と叫んだ。ぼくは「あぁ！　緑の津軽海峡ルートじゃなかったのか……」と頭を掻きむしった。「いや、でも、赤の対馬海峡ルートからきたにしても、なぜ日本海を北上してウラジオストクに向かわず、佐世保に現れたんだ……！」と叫ぶと、海軍兵が振り返り「さっぱりわからん！」と答えた。

とにかく港から離れねばと、若おかみの手を引いて走りだす。背中の子が重いと言うので、ぼくが背負い、坂の多い町を逃げ惑う。振り向くと、港に戦艦が、一、二……三……四……五隻もいた！　大砲が撃ちこまれるたび、港のあちこちで花火のように爆発する。

海軍の鎮守府に駆けこみ、高野五十六を探す。ほどなくみつかったが、「バルチック艦隊は本日早朝、赤の対馬海峡ルートから姿を現した。連合艦隊の姿が見えず、戦闘の必要がなかったため、どうやら二手らしいが……」と首を振った。

「バルチック艦隊の半分強は、予定通りウラジオストクへ。乗船している屈強な陸軍兵を下ろし、ウラジオストクから満州に向かわせ、日本陸軍を殲滅する作戦だろう。残りが九州北部の長崎へ。佐世保港を落とし、九州をロシア領とし、造船や製鉄など重工業の本拠地を奪う作戦ではないかと……」

「な、な、なっ……」

ぼくは絶句した。た、たっ、大変なことになってしまった……。今すぐ、そうだ、とっ、時を……とと、時を巻き戻さなくちゃ！　いや、妻に、レバーを引くよう頼んだのは、二十八日、つまり明日の正午だ。あぁ、あと、丸一日……。

ドンッと大砲の音がし、鎮守府が揺れた。「ここはかえって危ない！」と高野くんに怒鳴られ、ぼくは若おかみを連れて裏口から外に出た。町は火事になり、橙色に燃えていた。右往左往するうち、お昼が過ぎ、やがてロシア兵が続々と上陸してきた。ぼくらは燃えるもののない墓地に隠れると、墓石の陰で震えた。塀越しに悲鳴、怒声、銃声、そしてバシャッと誰かの鮮血も飛んできた。あぁ、戦争だ、戦争なのだ、これは……。妻の（この国の人も、朝鮮の人も……住むとこなくなっちゃって大変ね……）という声をふと思いだす。これまで日本は大陸に遠征して戦争していたが、ついに敵に上陸された……。かつて自分が田辺保と森漣太郎に描いてみせた逆さ地図のことも思いだす……。日本は今、国防に失敗し……本土を侵略され……。

墓地の周りは火の海で、燻《いぶ》されたような猛烈な暑さだった。若おかみの赤子がこの世の終わりのように号泣する。夜になると、暗闇と寒さと炎と熱が入り混じり、地獄のすぐそばにいるようだった。だが夜明けとともに鎮火し、やがて焦げ臭い空気をはらんだ朝日が差した。

井戸の水を汲み、若おかみと赤子に飲ませ、顔も拭いてやる。すこし眠る。やがて教会の鐘の音ではっと目を覚ました。一時間ごとに鳴らすのだという。ぼくは鐘を数えた。正午まであと少し……。鐘の音を頼りに、時が巻き戻り、悪夢と化したこの四回目の世界から五回目の世界に逃げられる時を、ただ待った。

昼にかけ、墓地に逃げこんでくる人が、一家族、一家族と増えた。ロシア兵に夫を殺されたとか、子供が連れていかれたと口々に言う。みんなで気配を殺して墓石の陰に隠れる。もうすぐ十二時。悪夢は終わる。時は戻り、殺された同胞も生き返る。と……墓地の外を歩く足音と、ロシア語らしき言葉を話す声が聞こえてきた。ほっ、遠ざかっていくぞ……。そのとき若おかみの赤子が「ほわっ……」と目を開けた。あ、泣きだしちゃう……。

若おかみが、自分も泣きそうになり、ぼくを見た。男たちが「泣かすな！」「みつかる！」と詰め寄る。間に入るが、皆もう目の色が変わっている。「黙らせろ。母親だろう」「どうやってですかぁ……」「一人の命とここにいる全員の命を比べてみろ！」「あなたは自分の子を殺せって言うの……？」「できないなら俺がやる！」と赤子を奪われそうになる。ぼくは「やっ、やめてくださいぃぃぃ……」と体当たりし、赤子を取り返して墓地から飛びだした。

外は一面の焼け野原だった。景色が黒かった。若おかみが腰を抜かし、歩けなくなる。と、角を曲がってロシア兵の一団がやってきた。ぼくは空を見上げた。

自分もこの母子を見捨てようか……。だって、もしここでぼくが死んだら、時が巻き戻っても、四回目の世界の記憶をなくしてしまい、司令長官にバルチック艦隊の正しいルートを伝えられなくなる。民間人二人の命より、日本人全員の命と、国家の命運を、男なら、選ぶべきだ。これは自明の理だ。

若おかみが、腰を抜かしたままぼくを見上げた。ぼくは急に、「ぼくの母親、物心つく前に死んで。父親と二人暮らしだったんですよ……」と言った。なんでそんなことを言ったのか自分でもよくわからなかった。ロシア兵の前に立ちふさがる。頭一つ分背が高く、筋骨隆々としている。拳銃を向けられ、手を上げる。何か怒鳴っているがロシア語なんてわからない。

正午の鐘が鳴り始めた。あぁ、ようやく……。間に合ったようだ。ロシア兵が銃口をぼくの胸に向けた。いまだ、時よ巻き戻れ！「フェニックス、フライ……」とつぶやき、ニヤリとする。鐘が鳴り終わる。

おやっ……？

ぼくはあわてて空を見上げた。

「ちょっと、お夕ちゃん？　レバー、金のレバーを引いて。『うんわかった』って言ってたじゃないか。フェニックス……？　……フライ？　お夕……？」

ロシア兵が指に力を込め、引き金を引く。銃口から弾が飛びだすのがスローモーションで見える。ぼくは「あぁっ、まっ、まずいぞ……」とつぶやいた。

「死んじゃう。ぼくここで死んじゃうよ！　全部忘れちゃう！　うわぁぁ、お、お夕ちゃーん！」

つぎの瞬間、パスッと乾いた音がした。胸に火傷したような熱を感じ、ぼくははっと息を吸った。

ついで無言で、ばったり倒れた……。

遠くなる耳に、「きゃーっ」と若おかみの悲鳴が届いた。ついでパンッと銃声がし、静かになる。目を開けると、若おかみがうつ伏せに倒れていた。赤子が激しく泣いている。あぁ、とぼくは目を閉じた。それから「そうかっ、時差だ……」と急に気づき、起きあがろうともがいた。

上海は中国、佐世保は日本。二つの町には一時間の時差がある。妻にとっての正午は一時間後だ……。つまりぼくは、なんとかしてあと一時間生きていなくてはならない。ロシア兵は姿を消している。ぼくのシャツの胸にどんどん血が広がる。若おかみのだらんと力をなくした手を握り、ぼくは「時を戻し、みんな生き返らせる。それに、九州をロシア領には、しっ、しないぞ……」と呻いた。「だ、だから、五回目の世界で、また、会い、ましょ、う……」気が遠くなる。赤子の頭を撫でるが、自分の血で真っ赤に汚してしまう。もう意識を失いそうだ。あと一時間弱……死ぬな、ぼく。頼む。死ぬな……。

死ぬな……。し、し、し、死ぬ、なぁ……っ！

（下巻につづく）

本作品には、一部実在の人物や団体が登場しますが、内容はすべてフィクションです。

また、この物語の背景となる戦争時、中国に対して侮蔑的な感情が伴う「支那」という呼称を使っていました。当時の時代背景に忠実にこれらの名称を用いていますが、現在では使用されるべきではない表現です。

初出　「朝日新聞」be　二〇一九年四月六日から二〇二〇年九月二十六日に連載、
単行本化にあたって加筆修正しました。

装画　つのがい
登場人物紹介作画　手塚プロダクション
装幀　大島依提亜
地図制作　報図企

桜庭一樹（さくらば・かずき）

一九七一年島根県生まれ。九九年「夜空に、満天の星」で第一回ファミ通エンタテインメント大賞小説部門佳作を受賞しデビュー。二〇〇七年『赤朽葉家の伝説』で第六〇回日本推理作家協会賞、二〇〇八年『私の男』で第一三八回直木賞を受賞。作品に『砂糖菓子の弾丸は撃ちぬけない』『荒野』『ファミリーポートレイト』『伏　贋作・里見八犬伝』『無花果とムーン』『ほんとうの花を見せにきた』『じごくゆきっ』『GOSICK』シリーズほか多数。

小説 火の鳥 大地編 上

二〇二一年三月三十日　第一刷発行

著者　桜庭一樹
原案　手塚治虫
協力　手塚プロダクション
発行者　三宮博信
発行所　朝日新聞出版
〒一〇四-八〇一一　東京都中央区築地五-三-二
電話　〇三-五五四一-八八三二（編集）
　　　〇三-五五四〇-七七九三（販売）
印刷製本　図書印刷株式会社

ISBN978-4-02-251743-2